VOYAGE LITTÉRAIRE

DE

PARIS A ROME EN 1698

NOTES DE D. PAUL BRIOIS

COMPAGNON DE MONTFAUCON

PUBLIÉES PAR

H. OMONT

MEMBRE DE L'INSTITUT

PARIS

LIBRAIRIE ÉMILE BOUILLON, ÉDITEUR

67, RUE DE RICHELIEU, AU PREMIER

—

1904

VOYAGE LITTÉRAIRE

DE

PARIS A ROME EN 1698

Extrait de la Revue des Bibliothèques,

Janvier - Avril 1904.

VOYAGE LITTÉRAIRE

DE

PARIS A ROME EN 1698

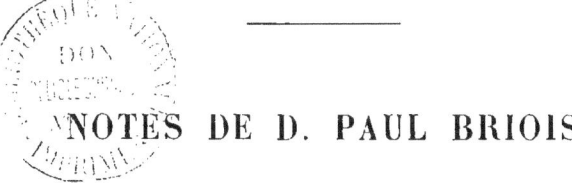

NOTES DE D. PAUL BRIOIS

COMPAGNON DE MONTFAUCON

PUBLIÉES PAR

H. OMONT

MEMBRE DE L'INSTITUT

PARIS

LIBRAIRIE ÉMILE BOUILLON, ÉDITEUR

67, RUE DE RICHELIEU, AU PREMIER

—

1904

VOYAGE LITTÉRAIRE

DE

PARIS A ROME EN 1698

NOTES DE D. PAUL BRIOIS

COMPAGNON DE MONTFAUCON

———

Au commencement de l'année 1698, Montfaucon venait d'achever l'édition des œuvres de S. Athanase; mais, avant d'entreprendre la publication des œuvres de S. Jean Chrysostome, il n'eut pas de peine à convaincre le supérieur général de la Congrégation de Saint-Maur de l'utilité évidente d'un voyage en Italie pour collationner dans les bibliothèques les manuscrits des Pères grecs, dont les éditions nouvelles étaient projetées. Dès le 18 mai de la même année, il se mettait en route pour l'Italie, où il devait séjourner près de trois ans, pour ne rentrer à Paris que le 11 juin 1701, et, l'année suivante, il donnait au public le récit de son voyage, avec le résumé de ses travaux et de ses découvertes, en faisant paraître à la fin de 1702, son *Diarium italicum*[1].

Dans la première partie de son voyage et de son séjour en Italie, Montfaucon avait eu comme compagnon de route et d'étude un jeune religieux parisien, Dom Paul Briois, auquel l'*Histoire litté-*

———

[1]. Parisiis, J. Anisson, 1702, in-4°. — L'approbation est datée du 13 septembre et le privilège d'impression du 1er octobre 1702. Voir ma *Note sur les manuscrits du Diarium italicum de Montfaucon*, dans les *Mélanges d'archéologie et d'histoire*, publiés par l'École française de Rome (1891), t. XI, p. 437-453.

raire de la Congrégation de Saint-Maur[1] n'a pas consacré de notice. Tout ce que l'on sait sur lui se réduit, ou à peu près, à la brève mention suivante, que nous a conservée le *Nécrologe de Saint-Germain-des-Prés*[2] : « 77. D. Paul Briois. Le 10 février de
« cette année 1700 est mort à Rome Dom Paul Briois, religieux de ce
« monastère, où il avoit été envoyé avec un autre religieux de ce
« monastère pour chercher des mémoires pour travailler sur
« les Pères grecques. Il étoit né à Paris, au mois de septembre de
« l'anné 1666, et avoit fait profession au monastère de Saint-Faron
« de Meaux, le 23 avril 1686. On l'a enterré au couvent des Mi-
« nimes de la Ste-Trinité-du-Mont, auprès du R. P. D. Claude
« Étiennot, procureur général de la Congrégation, qui y est décédé
« au mois de juin de l'année précédente[3] ».

A l'exemple de Montfaucon, dont les notes de voyage nous ont aussi été conservées[4], Dom Paul Briois avait consigné au jour le jour, sur un carnet de poche, les divers incidents de la route de Paris à Rome[5]. Après la mort de son compagnon, qui lui était ravi à peine âgé de 34 ans, Montfaucon recueillit pieusement ce petit cahier, qui ne le quitta plus durant tout son voyage, et il y con-

1. Bruxelles et Paris, 1770, in 4°.

2. Bibliothèque nationale, ms. français 16861, p. 32 ; publié par l'abbé J.-B. Vanel (Paris, 1896, in-4°), p. 59-60.

3. Une *Notice biographique* sur B. de Montfaucon, par un contemporain, publiée par M. Em. Gigas, au t. II, p. 268-269 de ses *Lettres des Bénédictins de la Congrégation de Saint-Maur* (Copenhague, 1893, in-8°), donne les quelques détails suivants sur les derniers moments de Dom Paul Briois :

« Ce même D. Paul étant tombé malade de pleurésie à Rome, qu'il avoit gagné pour
« avoir entré dans les églises sousterraines, après s'estre eschauffé à courir par la ville
« pour la montrer à des gens de son pays, qui étoit Paris, et qui l'étoient venu voir, il
« ne paraissoit pas être en danger. Cependant il pleuroit, disant qu'il en mourroit. D.
« B. tâchoit de le consoler ; comme il vit qu'il n'en pouvoit venir à bout et que l'autre
« continuoit toujours à se lamenter, comme s'il en devoit mourir : « Ouy, lui dit D. B.,
« vous en mourrez, quoy que vous ne soyez pas en danger ; vous en mourrez, parce
« que vous vous affligez mal à propos et que vous ne voulez pas me croire. » L'événe-
« ment ne fit que trop voir qu'il avoit dit vray ; car, peut estre deux jours après, la
« fiebvre redoubla, le transport au cerveau prit le malade et l'enleva, je crois, en
« 4 jours. »

4. Bibliothèque nationale, ms. latin 11919, fol. 292-316.

5. Bibliothèque nationale, ms. français 19640 (ancien Résidu S. Germain, paquet 115, n° 1) ; papier, 122 feuillets, mesurant 170 millimètres sur 110 ; demi-reliure moderne.— Le journal de Dom Paul Briois occupe les fol. 1-56, et la suite, de la main de Montfaucon, les fol. 57-122.

tinua sur les pages laissées blanches, le journal de ses courses en
Italie jusqu'à son retour à Paris.

H. OMONT.

VOYAGE DE PARIS A ROME EN 1698

Nous partîmes de *Paris* le 18 may 1698[1]. Nous nous rencontrâmes en la compagnie de M. Charcot, marchand de Lion, Galdy
banquier, Geiger, natif de Saint-Gal, de Langlade, médecin de
M. le cardinal de Bouillon, de Chazelles, fils du procureur du Roy
à Nismes, de Troye, Parisien. Les chemins étoient rompus comme
en hyver. Nous fûmes dîner à *Melun*, l'après-midy nous fîmes
douze lieues et fûmes coucher à *Pons* : 22 lieues.

Le 19, nous dîmes la messe et dinâmes à *Joigny*; nous prîmes
un relay à *Auxerre*, où nous ne remarquâmes rien de considérable que la tour de la cathédrale et d'une autre église, qui sont
fort belles et fort élevées. Cette ville fait une perspective fort
agréable, quoiqu'elle n'ait rien de grand ny de beau. Nous fîmes
le soir douze lieues, et nous fûmes coucher à *Vermenton* :
22 lieues.

Le 20, nous dîmes la messe à *Cussy-les-Forges* avec de fort
pauvres ornemens et du linge fort sale : nous y dinâmes aussi,
et le soir nous fûmes coucher à *Saulieu*, bourg assez gros et assez
peuplé : 18 lieues.

Le 21, le mercredy, nous dinâmes à *Arnai-le-Duc*, bourg assez
gros, et nous fûmes coucher à *Chagny*. Nous passâmes cette
après-midy par *Rochepot*, qui est un château situé sur un roc
escarpé. Les abords en sont difficiles, les chemins incommodes, à
cause de quantité de pierres et cailloux fort gros, qui donnent au
carosse des secousses fort désagréables; nous pensâmes y verser,
un boulon du carosse s'étant rompu. Nous couchâmes à Chagny,
distant de peu de Beaune.

---

1. Voir Montfaucon, *Diarium italicum*, p. 2 : « Anno igitur 1698, 18 maii, cum
« D. Paulo Brioys, Congregationis nostræ monacho, itineris ac studiorum socio, Lugdu-
« num proficiscimur; hinc vigesima ejusdem mensis Viennam petimus, sistimusque
« nonnihil spectandis urbis monumentis. »

Le jeudy 22, nous fûmes dîner à *Chaalons-sur-Saône*, à Saint Pierre, où nous fûmes bien reçus. Nous y vîmes Dom Vincent[1], qui nous montra une machine de son invention pour scier, polir, piler, couper en rond de grosses pièces de marbre; tous ceux de la diligence vinrent au monastère pour voir cette machine. Nous nous nous embarquâmes sur la Saône après le dîné; M. le marquis de Caraille, gouverneur de Nice, grossit notre compagnie. Les bords de la Saône sont très agréables, revêtus de côteaux, bordez de fort bons prez, où il y a quantité de vaches fort grasses et toutes de couleur isabelle. Nous remarquâmes qu'à la cathédrale de Chaalons le Saint-Sacrement n'était pas sur le grand autel, mais dans une chappelle particulière[2]. Cette église est fort du commun et n'a rien de grand; il y avoit une basse de viole de chaque côté.

Nous arrivâmes sur les six heures à *Mâcon*, où nous couchâmes. Nous fûmes voir la cathédrale, qui n'est pas fort belle; il y avoit au milieu du chœur un petit orgue outre le grand : le chœur est fort étroit. Nous eûmes quelque différent le soir au soupé avec un certain Perrault, de Chaalons, qui vouloit souper à notre table malgré nous.

Le vendredy 23, nous dinâmes à *Montmeler*; l'après-midy, nous vîmes *Trévoux*, siège du parlement des Dombes. En cet endroit, M. Duga, fils du prévôt des marchands de Lyon, M. Garnier, procureur de M. du Maine au parlement des Dombes, se joignirent à nous; le mot de πανοῦργος, lâché par hasard, nous fit lier conversation avec le premier et nous fit connoître que c'étoit un jeune homme de grande érudition et d'une honnêteté extraordinaire. Nous vîmes *Neufville*, maison de plaisance de feu M. de Villeroy, archevêque de Lyon; nous avions vu quelques temps auparavant les ruines d'une ville ancienne, appelé *Ansa*[3]; où il s'est tenu un concile. Les commis de la douane visitèrent nos hardes et saisirent fort mal à propos à M. Galdy pour 1200 ou 1500 livres de dentelle. Nous prîmes congé des compaguons de

---

1. Dom Vincent Duchesne, de la congrégation de Saint-Vanne.
2. Cf. *Voyages liturgiques de France*, par le sr de Moleon (Paris, 1718, in-8°), p. 151.
3. Deux conciles ont été tenus à Anse, près Lyon, en 1025 et 1100.

notre voyage, avec qui nous avions passé notre tems de la manière
du monde la plus agréable. Nous fûmes loger au Port du Temple,
et, le même [jour], chez M. Anisson [1], nous rencontrâmes M. Bulifon, qui vint faire collation avec nous.

Le samedy 24, nous fûmes dire la messe chez les religieuses
de la Visitation; on nous y fit voir le cœur de Saint-François de
Sales au travers d'un cristal; il est entier, vermeil et sans aucune
corruption. L'après-midy, nous montâmes à Fourvières, quartier
de la ville fort élevé et de difficile accès; nous vîmes chez les Minimes un reste d'amphithéâtre et le médailler du Père Perrier,
ex-général du même ordre, qui est fort curieux, où il se trouve
plusieurs médailles très rares et même uniques. Nous fûmes accompagnez de M. Chauvin, médecin, qui nous mena à l'abbaye
d'Ainay pour voir le confluent de la Saône et du Rhône; il y a un
point de vue fort agréable, et feu Mr Bernier disait n'avoir rien vu
de si beau en aucun endroit du monde. Nous vîmes à Fourvières,
dans une maison d'un particulier, dans la cave, un reste d'ouvrage fort considérable.

Le dimanche 25, nous dîmes la messe aux Célestins; l'autel
estoit orné de quantité d'argenterie fort belle. De là nous fûmes
déjeuner chez M. Chauvin, qui nous traita fort bien. Nous fûmes
ensuite à Saint-Jean, où nous entendîmes la grand'messe; l'office
se chante en plein-chant, sans orgues et sans livres. Le célébrant,
le diacre, et le soudiacre se servoient de mitres; le célébrant
avoit quatre prêtres assistants, revêtus de chasubles, eux seuls
entrèrent dans le presbytère, le diacre se tint dehors entre le
chœur et l'autel pendant qu'ils étoient debout. Et, lorsque les
officiers s'assoient, le soudiacre prenoit séance au chœur, dans la
chaise la plus éloignée de l'autel, et chanta l'Épître, assis dans
une des hautes chaises du chœur, le siége abbaissé; un des sou-
diacres assistants luy tenoit le livre. Le diacre et le soudiacre
n'entrèrent point dans le sanctuaire qu'après l'offerte pour faire
leurs fonctions et en sortoient aussitôt après. Les quatre prêtres se
mirent aux quatre coins de l'autel; le diacre encensa alentour de
l'autel auparavant la Préface; le célébrant, à *Omnis honor et glo-*

---

1. Le libraire et imprimeur lyonnais Jean Anisson, éditeur du *Glossaire grec de
Du Cange* et plus tard directeur, à Paris, de l'Imprimerie royale.

ria, éleva l'hostie et le calice aussi haut qu'à la première éléva-
tion; il ne donna point de bénédiction et ne dit point l'Évangile de
saint Jean[1].

Nous fûmes, l'après-midi, chez M. du Puget, accompagnez de
messieurs Duga, de Saint-Pons, Chauvin, Aubert, Langlade, pour
voir les expériences de l'aimant. De là nous fûmes à l'Hôpital
et ensuite à Ainay; le presbytère est pavé d'ouvrage à la mosaïque. Nous vîmes au-dessus du porche quelques figures antiques en relief, qui fut copiée avec son inscription; elle se trouve
dans l'*Histoire de Lyon*, par le P. Menetrier; M. Spon ne l'avoit
pas connu[2].

Le lundy 26, M. Duga et M. de Saint Pons nous vinrent prendre à notre auberge avec deux carosses; nous fûmes de là aux
Jésuites, en la compagnie ordinaire, et de plus M. Galdy et M.
Harchol. Le P. Colonia, bibliothécaire, nous fit voir la bibliothèque, qui est fournie d'un grand nombre de livres et la mieux située du royaume; la bibliothèque de feu M. l'archevêque de Lyon
est dans un vaisseau séparé[3]. Nous vîmes ensuite le cabinet des
curiositez et des médailles. Nous fûmes ensuite voir les lingots
d'argent doré et la manière de les rendre aussi délié qu'un che-
veu. L'après-midy, nous retournâmes voir les Minimes.

Le mardy 27, je fus dire la messe aux Pères de Saint-Antoine ;
nous prîmes ensuite congé de notre hôte et nous fûmes dîner
chez M. Galdy, qui nous traita splendidement. Vers une heure,
nous nous embarquâmes dans le vaisseau du patron de Tarascon,
nommé Soret, pour aller à Avignon. Nous arrivâmes vers cinq
heures à *Vienne*[4]; nous mîmes pied à terre pour aller au sémini-

---

1. Cf. *Voyages liturgiques de France*, par le sr de Moleon, p. 41 et suiv.

2. Ménestrier (Claude-François), *Histoire civile ou consulaire de la ville de Lyon*
(Lyon, 1696, in-fol.).— Spon (Jacob), *Recherches des antiquités et curiosités de Lyon*
(Lyon, 1673, in-12); cf. l'édition L. Renier, 1858, in 8°.

3. En 1693, Camille de Neuville de Villeroy, archevêque et gouverneur de Lyon,
légua à la ville sa bibliothèque, aujourd'hui encore conservée dans une salle particulière. — Le P. Dominique de Colonia avait succédé comme bibliothécaire au P. Ménestrier: il mourut en 1741. Cf. Delandine, *Mss. de la bibliothèque de Lyon* (1812, in-8°),
t. I, p. 11 et 17, et l'introduction de M. Guigue au catalogue des mss. de Lyon dans le
Catalogue général des mss. des Départements, t. XXX, p. xxii-xxvi.

4. *Diarium italicum*, p. 2.

naire saluer M[rs] l'archevêque et l'abbé d'Auvergne, que nous ne
trouvâmes pas. La ville de Vienne n'a rien de considérable pour
ses bâtimens. L'église métropolitaine est belle; il n'y a pas d'orgue
non plus qu'à Lyon, l'office s'y chante en plain-chant, le Saint-
Sacrement n'est pas dessus le grand autel. Le siège épiscopal est
derrière le grand autel, et n'est qu'une simple chaise composée
de trois pièces de marbre, sans travail, qui tiennent à la muraille ;
elle n'est qu'à hauteur ordinaire. Nous vîmes, hors la ville, une
pyramide antique soutenue sur une base élevée sur quatre pilas-
tres de forme quarrée ; il y avoit une arcade à chaque côté[1]. Nous
remontâmes dans notre vaisseau et nous fûmes souper à *Condrieu*;
nous partîmes de ce lieu vers onze heures du soir.

28. Nous vîmes plusieurs villes sur notre route, entr'autres
Tournon, *Valence*, *Viviers*, dont la situation est affreuse. La ville
est petite et a plutôt l'air d'un chétif village que d'une ville épiscopale. De loin nous découvrîmes *Montélimart*, etc. Nous passâmes, sur les 3 heures environ, au *Pont-Saint-Esprit*, qui est
fort beau et composé de plus de 22 arches. Sur les neuf heures du
matin, il se leva un vent contraire et fort violent, qui nous empêcha d'aller coucher à Avignon. Nous nous arrêtâmes donc à
Roquemaure; nous avions vu, entre ce village et le Pont-Saint-
Esprit, la roche d'où le baron des Adroits[2] précipitoit les catholiques dans le Rhône.

29. Nous partîmes de Roquemaure de bon matin et nous arrivâmes à 6 heures et demie à *Villeneuve.* Nous dîmes la messe
aussitôt, et ensuite nous assistâmes à la procession du Saint-Sacrement ; il faisoit un fort grand chaud. Une collégiale assistoit
à cette procession et marchoit devant nos confrères ; la garnison
de la citadelle se mit sous les armes au sortir et au retour de la
procession, mais elle ne fit aucune décharge, parce que les soldats
n'avoient pas de poudre. Nous assistâmes à tout l'office, et le Père
de La Gorrée prit résolution de nous faire habiller d'étoffe légère
et propre pour des gens qui alloient en Italie.

Le veudredy 30, après avoir dit la messe, nous fûmes voir la

---

1. Elle est gravée à la p. 3 du *Diarium italicum*.
2. *Diarium italicum*, p. 4.

Chartreuse de Villeneuve, fondée par Innocent VI, en compagnie de Mr de Langlade, du P. Dumats, doctrinaire exilé à Avignon par les Jésuites, de son compagnon, et d'un autre séculier. Cette chartreuse est une des plus riches du royaume, et a plus de 25.000 écus de rente : la sacristie est d'une propreté enchantée. Il y a dans l'église beaucoup de tableaux des meilleurs maîtres et entr' autres une *Annonciation* du Guide, et quantité de M. Mignard. On nous montra, dans la sacristie, le chasuble d'Innocent VI, qui est tout à fait rond et a un trou au milieu presque de la même forme ; il y a une croix à la partie antérieure. On voit dans une chapelle le mausolée de ce pape, qui est assez simple.

Nous fûmes voir, l'après-midi, à Avignon, le P. prieur de Saint-Martial, de Clugny réformé, qui nous fit beaucoup d'honnêtetez. Il y a dans le chœur, au pied d'un sépulchre, un cadavre en pierre, tel que pourroit être celuy d'un homme mort après une longue maladie, qui est un chef d'œuvre en ce genre. Nous fûmes ensuite saluer monseigneur le Vice-légat, qui nous reçut parfaitement bien et nous donna une lettre pour le Grand-Duc[1] et une pour Mr Cornaro, à Venise.

31. Nous devions partir ce jour par eau pour aller à Arles, mais, après avoir attendu longtemps dans le bateau, nous fûmes obligez de retourner à Villeneuve.

Le lendemain dimanche 1er juin, après avoir diné avec la communauté, nous partîmes à cheval et nous arrivâmes sur le soir à *Arles*[2]. Nous avions vu de notre route *Barbentane*, *Tarascon* et *Beaucaire* ; nous passâmes par *Cadillan*. Le R. P. Dom Louis Ferrier, prieur d'Arles, et toute sa communauté nous reçut avec beaucoup d'affection. Nous vîmes passer, environ à neuf heures du soir, la procession du Saint-Sacrement des Pénitens gris ; la marche dura environ trois quarts d'heure. C'étoient les Carmes qui conduisoient la procession ; il y avoit une bonne symphonie avec une assez bonne musique.

Le lendemain 2, nous fûmes à *Mont-Majour*, en la compagnie

---

1. Cette lettre du cardinal Filippo Antonio Gualterio, datée du 7 juin 1698, est conservée dans le ms. français 17708, fol. 150-151.

2. *Diarium italicum*, p. 4.

du Père prieur d'Arles et de celui de Rochefort ; le monastère
fait compassion et tout tombe en ruine. Ce qu'il y a de plus beau,
c'est une tour fort élevée, bâtie pour défendre ce monastère des
larrons d'Arles. Il y a dans l'enclos une chapelle de Sainte-Croix,
d'une belle architecture ; au dessus de la porte il y a une inscription, qui marque que cette chapelle avoit été fondée par Charle-
magne[1] ; mais ni l'inscription (qui n'est que de 500 ans), ni la chapelle, ne sont pas de cette antiquité. Nous retournâmes le même
jour à Arles.

Le lendemain mardy 3, nous fûmes aux Minimes, où il y a
grand nombre de tombeaux avec inscriptions : ils appellent cet
endroit les Champs Elysiens. Nous fûmes ensuite dans une cave,
où il y a plusieurs sépulchres, particulièrement celuy d'un certain
Concordius[2], que les Minimes appellent saint ; son épitaphe fait
voir du moins qu'il étoit chrétien. Il y a aussi un autre dont le bas-
relief représente les divinitéz payennes principales et encore
quelqu'autre. La cathédrale, dédiée à saint Trophime, dont l'image
se voit au portail, fort ancienne, n'est pas une belle église. On y
chantoit la messe du Saint-Sacrement en musique ; le ciboire
étoit exposé au lieu du soleil. L'hôtel de ville conserve une copie
de la Vénus, que les messieurs d'Arles ont donné au Roy en original[3]. Après avoir dîné, nous fûmes saluer M. Serrin, qui nous
montra son cabinet et ses médailles. Sur les 5 heures, nous fûmes
voir M. Marcel, auteur des *Tablettes chronologiques portatives*[4],
homme d'érudition et d'une fort grande honnêteté. Il nous fit voir
plusieurs manuscrits arabes, qu'il avoit apportez du Levant et
un fort beau manuscrit hébreu. Il nous dit que le P. Benier[5], Jésuite, s'étoit fait un mérite, fort mal à propos, de certains manus-

---

1. Cette inscription est imprimée dans le *Diarium italicum*, p. 4.
2. *Diarium italicum*, p. 5. Cf. Leblant, *Inscriptions chrétiennes de la Gaule*,
n° 509 ; et du même, *Étude sur les sarcophages chrétiens antiques de la ville d'Arles*
(Paris, Impr. nat., 1878, gr. in-4°).
3. Voy. la *Notice de la sculpture antique du musée national du Louvre*, par
W. Fröhner (1875, in-8°, p. 179-183.
4. Guillaume Marcel, mort à Arles, en 1708 ; ses *Tablettes chronologiques* ont
eu de nombreuses éditions, mais son *Promptuarium ecclesiasticum et civile* d'Arles
est resté manuscrit.
5. Cf. L. Delisle, *Cabinet des manuscrits*, t. I, p. 296, et mes *Missions archéolo-
giques en Orient* (1902), t. I, p. 255.

crits qui se trouvent à la Bibliothèque du Roy, que l'on croit avoir
été apportez par ce Père, et que c'étoit luy même qui les avoit
achettez à Constantinople pour le Roy et mis dans sa Bibliothèque.
Il travaille aux antiquitez d'Arles.

Le lendemain 4, de grand matin, quelque instance que nous fît
le P. prieur pour rester, nous montâmes à cheval pour *Nismes*.
La campagne me sembla fort belle d'Arles à Nismes ; nous y arrivâmes vers neuf heures. M. Paulian, conseiller, nous vint saluer
presque aussitôt, et, sur le midy, trois chanoines de la cathédrale.
Nous fûmes voir l'après-midi la Maison quarrée et le Cirque. La
Maison quarrée, selon l'opinion commune, a été bâtie par Adrien
en l'honneur de Plotine, femme de Trajan ; il y avoit sur la frize
de devant une inscription sur une grande lame d'or ; les termes
de l'inscription sont conservés dans les archives de l'Hôtel-de-
ville, que nous n'avons pas copiée, parce qu'elle nous parut sus-
pecte[1]. La Maison quarrée est soutenue alentour par dehors de
colonnes cannelées d'ordre corinthien, les chapiteaux et corniches
sont d'une délicatesse admirable ; cette maison a été changée en
église et est possédée par les Augustins. On peut dire que la Maison quarrée est l'étuy de cette église, parce que l'on n'y a pas
touché en aucune manière pour sa construction.

De là, nous fûmes voir les Arènes ou le Cirque, qui est le plus
beau morceau d'antiquité qui soit au monde, et qui donne une
juste idée de la grandeur romaine ; il y a dix-huit ou dix-neuf degrez, en commençant à compter par le plus élevé qui touche à
l'extrémité de ce grand édifice ; ces degrez sont larges et élevez
comme les sièges ordinaires, ils pouvoient contenir facilement
100.000 personnes. On entroit et on sortoit sans incommoder personne ; depuis le degrez le plus bas jusqu'au pied il y a une fort
grande hauteur. On y faisoit donner au peuple le spectacle de
combats de vaisseaux, de gladiateurs, etc. ; le pont du Gard four-
nissoit toute l'eau nécessaire à cela. Ce cirque est si vaste et si
grand que dans le milieu il y a un nombre de maisons qui feroit
un gros village ; ces maisons gâtent ce beau monument, aussi bien
que les débris de bâtimens qui sont au pied, qui en diminuent la

---

1. Cf. entre autres la *Dissertation sur l'ancienne inscription de la Maison-Carrée
de Nismes*, par M. Séguier (Nimes, 1776, in-8°).

hauteur de plusieurs toises. On voit dans toutes les rues et dans un grand nombre de maisons de particuliers des aigles romaines sans têtes; on attribue cela aux Goths, qui brisèrent la tête à toutes ces aigles en haine des Romains. Le soir, M. l'avocat du Roy nous fit l'honneur de nous visiter.

Le jeudy matin 5, M. l'avocat du Roy nous fit voir un manuscrit ancien d'environ 600 ans; celuy qui l'a fait a eu dessein de se faire un commentaire de saint Augustin suivi et continu sur saint Paul, ramassant les explications dispersées dans tous les ouvrages de ce Père des Epitres de saint Paul, et il y a assez bien réussi. C'est un gros volume in-folio; il s'y rencontre à la première feuille, une chartre originale donnée du temps de Hugues au monastère de Saint-Martin de Canigou[1]. L'après-dinée, nous fûmes, en compagnie de deux Jésuites et du P. prieur, voir la citadelle, et le temple de Diane hors la ville; on le croit construit par Agrippa et que c'étoit un Panthéon, on y voit douze niches, où étoient les statues des douze principales divinitez. La pluye nous empêcha d'aller à la Tour-magne qu'ils appellent. Nous rentrâmes dans la ville et nous fûmes voir M. Paulian[2]; nous le trouvâmes sur les archives de Nismes, cherchant ce qui luy seroit propre pour l'histoire de cette ville de laquelle il est chargé[3]. On rencontre dans toutes les rues et les maisons des inscriptions.

Le vendredy sixième, nous montâmes à cheval pour aller au *Pont du Gard*. Nous arrivâmes à *Raymoulin*, tout percez de la pluye que nous avions eue pendant plus de trois heures. Le temps s'étant éclaircy, nous fûmes voir le pont du Gard, qui n'en est éloigné que d'un quart de lieue. Ce pont est parfaitement beau, élevé d'environ 26 toises; il y a trois ponts l'un sur l'autre : le premier, ou le plus bas, a cinq grandes arches, larges de... toises et hautes de...; le second, où les chevaux et les charrettes peuvent passer, a douze arches à peu près de même dimension; le dernier, au-dessus duquel est l'aqueduc, couvert de pierres larges

---

1. *Diarium italicum*, p. 7. — Ce ms. est aujourd'hui conservé à la bibliothèque de Nimes, sous le n° 36 (13732 : cf. *Catalogue général des mss.*, in-4°, t. VII, p. 545-547.

2. Il y a sous le n° 352 des mss. de Nimes une liasse de papiers historiques de Paulhan.

3. *Diarium italicum*, p. 6.

et sur lequel un carrosse passeroit facilement, a trente-six arches
plus basses et plus étroites de beaucoup que les autres; ce pont
est bâti de grosses pierres, desquelles plusieurs ont dix et onze
pieds, comme j'en ay mesuré un grand nombre. M. Paulian nous
avoit dit à Nismes que l'on voioit sur une des arches, en caractères
antiques, ces trois lettres A. E. A., que plusieurs expliquoient
ainsy : *Aqua emissa amphitheatro*; d'autres de cette manière :
Augustus et Agrippa, et il étoit du sentiment des derniers, parce
que la médaille de la colonie de Nismes, au revers de laquelle il y
a Auguste et Agrippa, semble beaucoup appuyer ce sentiment;
si cela est, ce pont est bâti du temps d'Auguste[1]. Je n'ay pu
découvrir ces trois charactères. Nous arrivâmes le soir à *Rochefort*,
qui est un petit prieuré, situé sur un roc fort élevé. L'église est
petite, mais ornée d'un grand nombre de lampes présentées à
Notre-Dame, j'en ay compté 22; les chandeliers et la croix de
l'autel étoient d'argent. Le chemin de Nismes à Avignon est fort
désagréable, pierreux et inculte presque partout.

Le samedy 7, nous arrivâmes, à dix heures du matin, à *Villeneuve*; nous y quittâmes nos habits de drap et nous en prîmes de
plus légers. Nous y passâmes le dimanche, que Mʳ Mercurin, de
Villeneuve, l'homme le plus obligeant du monde, employa à nous
chercher une commodité.

Et le lundy 9, nous vînmes, en sa compagnie, à *Avignon*, où
nous prîmes une calèche pour Marseille. Nous arrivâmes à neuf
heures sur le bord de la Durance, qui sert de limite au Comtat.
Nous attendîmes deux heures et demie la barque pour la passer,
et nous fûmes plus de deux heures à la passer; elle étoit débor-
dée et avoit peu de profondeur, en sorte que la barque demeura
trois ou quatre fois sur le sable. Nous fûmes portez sur les épaules
des mariniers sur une isle et ils nous y vinrent reprendre pour
nous reporter à la barque avec une peine incroyable. Sur les bords
de la Durance, dans le Comtat, il y a une chartreuse nommée
Bompas. Nous couchâmes à *Ourgon*, où nous devions dîner, sans
la difficulté de passer la Durance.

10. Nous dînames ce jour à *Lambez*, gros bourg, où se tiennent

---

1. *Diarium italicum*, p. 8.

les Etats de Provence. Nous arrivâmes sur les trois heures à *Aix*.
Les bâtiments de cette ville sont beaux et bien bâtis ; le peuple
est poli et civil. La cathédrale n'a rien de considérable : elle est
dédiée à Saint Sauveur ; il y a à droite en entrant le baptistère en-
touré de colonnes corinthiennes. Nous fûmes saluer le R. P. Pagi[1],
qui nous reçut avec beaucoup d'affection et nous obligea de loger
dans la maison ; nous y fumes bien traitez et le P. gardien, son
neveu, nous combla d'honnêtetez. Il envoia quérir M. de Mazo-
ques[2] pour souper avec nous : il est neveu du P. Thomassin et a
beaucoup de politesse et d'érudition ; il se dispose à donner au
public un recueil des plus belles lettres de M. de Peyresc.

11. Nous partîmes de grand matin ; le P. Pagi, tout incom-
modé qu'il étoit, se fit soutenir par deux religieux et nous vint reconduire jusqu'à la porte. Nous arrivâmes entre dix et onze
heures à *Marseille* ; le chemin d'Aix à Marseille est raboteux et
fort désagréable.

12. Nous logeâmes aux *Trois pucelles*. Nous dîmes la messe,
le 12, à Saint-Victor, où nous fûmes fort mal reçus. Les religieux
sont fort relachez ; la marque qui les distingue des prêtres sécu-
liers consiste dans un petit ruban noir large d'un pouce. Leur habit de chœur est semblable à ceux des bedeaux des parroisses de
Paris pour la forme ; ils ont un bas-chœur qui chante l'office en
plain-chant et en musique, qui est meilleure que celle de la cathédrale. Il y a deux églises, une dessus et l'autre dessous ; le
Saint-Sacrement se garde et l'office se chante tous les jours dans
l'une et dans l'autre. Ils ont plusieurs reliques, entr'autres le
corps de saint Cassien et la croix de saint André, composée de
deux gros morceaux de bois qui se coupent en angles droits : ils
sont couverts de lames d'argent[3].

---

1. Antoine Pagi, mort à Aix en 1699, auteur de la *Critica historico-chronologica
in Annales Baronii*.

2. Louis de Thomassin de Mazaugues, conseiller au Parlement de Provence ; il avait
recueilli les portefeuilles de Peiresc, échappés à la destruction. Voy. le *Catalogue des
mss. de la bibliothèque de Carpentras*, par M. Lambert, 1862, in-8°, t. I et II,
préfaces, l'introduction de M. L.-H. Labande au nouveau catalogue publié dans le
Catalogue général des mss. des départements, t. XXXIV (1901), ainsi que les
Lettres de Peiresc, publiées par M. Tamizey de Larroque, dans les *Documents inédits
de l'histoire de France*, t. I à VII, 1888-1898, in-4°.

3. *Diarium italicum*, p. 8-9.

Nous reçumes, pendant que nous fûmes à Marseille, beaucoup d'honnêtetez de M. Croiset et le chevalier Darvieux, grand homme de bien, habile dans l'hébreu et l'arabe ; il a exercé la charge de consul pendant six ans à Alep. M. Gravier, riche négociant, a un assez beau médailler, qu'il augmente tous les jours. La cathédrale et les autres églises n'ont rien de considérable.

Le 19 après-midy, nous nous embarquâmes sur une grosse barque pour Gennes, en compagnie de M. Bulifon et de deux Espagnols ; notre bâtiment alloit à Smyrne et devoit décharger de la marchandise à Gennes. Je ressentis dès le premier jour les incommoditez que ressentent ceux qui n'ont jamais été sur mer.

Le 20, nous mismes à la voile avec un petit vent, qui se renforça et qui nous étoit assez favorable ; mais peu de tems après nous l'eûmes tout-à-fait contraire, ce qui nous obligea d'entrer dans le port de *la Cioutat*, le samedy, vers neuf heures, ayant environ fait six lieues depuis Marseille. Cette petite ville est assez jolie, assez peuplée et assez bien bâtie. Il y a des Servites, des Minimes et des P. de l'Oratoire.

Le dimanche 22 de juin, j'entendis la messe, ne pouvant la dire à cause des maux de cœur qui ne m'avoient pas quitté. Sur les huit heures du matin le vent se changea en maestral, qui nous étoit favorable. Nous levâmes l'ancre vers trois heures avec un bon vent ; les maux de cœur me reprirent et m'empêchèrent de prendre aucune nourriture jusqu'à ce que nous eûmes mouillé à *Antibes*.

Le lundy 23, sur les deux heures du matin, le vent cessa ; nous passâmes, sur les neuf ou dix heures, vers l'île de Lérins. Nous entrâmes dans un golfe, qui se trouve entre l'isle de Sainte-Marguerite et la ville d'Antibes, où le mouillage est fort bon. Nous fûmes nous promener sur les coteaux qui règnent le long de ce golfe, qui sont fort beaux et présentent aux yeux un objet fort agréable. Nous vînmes coucher à notre bord, dans le dessein de partir si le calme cessoit.

Le calme nous obligea de demeurer tout ce jour à l'ancre. Dom Bernard fut dire la messe dans une frégate qui étoit à l'ancre dans le même endroit ; le calme continuant toujours, nous nous servîmes de cette occasion pour aller voir l'abbaye de *Lérins* ; nous prîmes une chaloupe pour nous y mener. L'isle où est située cette ancienne abbaye est fort agréable ; elle ne porte aucune bête venimeuse et même la terre qu'on en emporte fait mourir les serpens. Nous fûmes reçus d'une manière assez froide ; le monastère est fort serré et tous les lieux réguliers et l'église même sont renfermez dans une tour, dont les murailles ont 15 pieds d'épaisseur. Il y a plusieurs reliques, le corps de saint Vincent, de saint Aigulfe, des reliques de saints Leufroy et Sifroy, données par les religieux de Saint-Germain-des-Prez, d'un grand nombre de religieux martyrisés par les Sarrazins. On y conserve le cachet de saint Honorat, où il est représenté ; on refusa de nous en donner l'empreinte. La bibliothèque est fort petite, il y a peu de livres ; les manuscrits qui y sont ne sont pas fort considérables[1]. Nous remontâmes dans notre chaloupe pour aller à notre bord, où nous arrivâmes assez tard.

Le mercredy 25, nous mîmes à la voile avec un fort petit vent : nous partîmes en compagnie d'un gros vaisseau marchand françois, de 20 pièces de canon, et d'une grosse frégate, qui nous devoit servir d'escorte. Le duc de Savoie tient proche de Nice une barque qui exige des vaisseaux marchands françois deux par cent, ce qui oblige les bâtiments de se faire escorter pour éviter de payer un tribut aussi gros et aussi onéreux que celuy-là. Nous passâmes une partie de la journée à chercher le vent pour sortir du golfe, mais il étoit si petit que nous ne fîmes pendant la journée que deux ou trois lieues.

Le 26, nous eûmes un peu plus de vent que le jour précédent, mais il dura fort peu, et le calme recommença de nouveau. Nous nous faisions remorquer par notre chaloupe de temps en temps mais avec peu d'effet. La côte est toute bordée de montagnes fort sèches et stériles ; nous vîmes en passant Villefranche, Nice, Monaco, Sarreme, Savone, etc.

Le 27, vers midy, la frégate qui nous escortoit tourna la proue pour s'en retourner ; nous la saluâmes de trois coups de pierriers, elle nous répondit d'un coup de canon, et nous la remerciâmes

---

1. *Diarium italicum*, p. 9-10.

d'un autre coup. Nous découvrîmes Gennes d'assez bonne heure et nous achevions d'y arriver vers 4 heures, mais le peu de vent qui faisoit ayant cessé, nous couchâmes encore cette nuit dans notre bord. Il y avoit trois ou quatre jours que nous ne buvions que de l'eau corrompue et puante.

Le 28, à six heures du matin, nous entrâmes dans le port de *Gennes*[1]. Après l'avoir salué de trois coups, l'écrivain fut porter nos billets de santé ; il nous fallut [attendre] fort longtemps un des magistrats, qui devoit voir si le nombre de ceux qui étoient dans le bâtiment répondoit à celuy qui étoit porté par nos billets. Enfin sur les huicts heures nous entrâmes dans la ville. Ceux qui faisoient la garde à la porte se saisirent des pistolets de M. Bulifon et les portèrent au palais du Doge. Nous fûmes loger à la *Croix blanche*, chez un François. Le port de Gennes est grand, mais les vaisseaux n'y sont point aussi en sûreté que dans celuy de Marseille. Lorsque nous entrâmes dans le port, un aumônier des galères disoit la messe à terre, ne pouvant la célébrer dans le vaisseau ; cette permission n'étant accordée qu'aux rois de France. L'hôtelier porta nos noms aux magistrats et nous rapporta un billet qui nous permettoit de coucher quatre nuits dans la ville.

Le jour de saint Pierre, 29, nous dîmes la messe dans l'église de l'abbaye de Sainte-Catherine, possédée par les PP. de la Congrégation de Sainte-Justine. On nous y reçut d'une manière assez froide ; nous y vîmes le P. Odoard Bichon, qui nous fit les honnêtetez que pouvoit faire un religieux particulier. Le monastère est fort beau ; il y a deux grands cloîtres, dont les colonnes sont de marbre. La bibliothèque est petite et il y a fort peu de livres. La cathédrale est un bâtiment gothique ; il y a une chappelle magnifique de Saint-Jean-Baptiste, patron de la République, où l'on conserve son chef. Les deux plus belles églises sont celles de l'Annonciade, possédée par les Cordeliers et celle de Saint-Cyr, qui est aux Théatins ; ces deux églises sont toutes de marbres, enrichies de dorures et de fort belles peintures jusqu'à la voûte. L'après-midi, nous fûmes voir le palais de M. Durazzo[2], qui est un des plus

---

1. Le *Diarium italicum* (p. 10) ne donne aucun détail sur le chemin de Gênes à Milan. Cf. plus loin, p. 15. Voy. Mabillon, *Iter italicum*, I, 223 suiv.

2. Voy. Millin, *Voyage en Savoie, en Piémont, à Nice et à Gênes* (1816), t. II, p. 240-246.

magnifiques de Gennes ; il est quasi tout de marbre, son plus
grand ornement toutefois consiste dans un grand nombre de
tableaux des meilleurs maîtres d'Italie et plusieurs statues de
marbre. Il y avoit entr' autres une statue de Bacchus ancienne,
et une autre vis-à-vis, mais nous ne vîmes pas qui elle pouvoit
représenter. Nous passâmes ensuite de l'autre côté du port pour
aller voir le faubourg de Saint-Pierre-des-Arènes, qui est composé
d'un grand nombre de fort belles maisons.

Le 30, nous dîmes la messe à Notre-Dame de la Vigne, église
collégiale, et le soir nous fûmes, en compagnie de M. Benezech et
d'un autre françois, voir le palais Durazzo et celuy de Slurce ;
le second ne cède pas en magnificence au premier et il y a un
plus grand nombre de tableaux.

Le mardy 1er juillet, nous partîmes de Gennes pour Milan,
après avoir monté pendant presque toute la matinée une des plus
hautes montagnes de la Ligurie, qui ne laisse pas d'être assez
agréable et l'avoir descendue, autant que nous avions, par un chemin fort rude et pierreux. Nous vînmes dîner à *Vottagio*. Le soir,
auparavant d'arriver au gîte, nous passâmes par un village assez
beau, nommé *Gave*, proche duquel les Génois ont une citadelle
assez forte et bien située. Nous arrivâmes de bonne heure à *Novi*,
gros bourg célèbre par une foire qui y est établie.

2. Nous partîmes de bon matin de Novi, et, après avoir passé des
campagnes les plus délicieuses du monde, nous arrivâmes à *Tortone*, petit évêché, dépendant du roy d'Espagne, situé dans le duché
de Milan. Un régiment de troupes italiennes, à la solde du roy
d'Espagne, passoit par la même ville ; il étoit composé de gens
assez bien faits et fort bien vêtuz. Nous fûmes dîner à *Voghera*,
bourg du Milanois.

Nous arrivâmes sur le soir à *Pavie*, après avoir passé et cotoïé
le Pô, dont les bords sont très beaux et très agréables ; nous passâmes aussi le Tesin, proche de la ville. Nous ne remarquâmes
rien de considérable à Pavie pour les édifices communs. Nous
vîmes par les dehors le séminaire de Saint-Charles, qui paroît
fort magnifique, et nous fûmes voir, dans le moment de notre
arrivée, l'église des PP. Augustins, desservie par les chanoines

2

et par les hermites de Saint-Augustin. On nous montra le cénotaphe de ce saint docteur, fait depuis environ trois cent ans ; c'est
un fort beau mausolée de marbre blanc, de huit pieds environ de
longueur. Il y a un fort grand nombre de figures entr'autres
celles des Bénédictins qui reçurent le corps de saint Augustin,
dont l'habit est semblable à peu près au nôtre ; nous ne pûmes
pas voir la chasse, où sont conservez quelques ossements de ce
saint, découvert environ depuis trois ans, parce qu'il étoit tard[1].
Dans la même église, au pied du presbytère, on voit le cénotaphe
de Luitprand, qui est fort simple, et le tombeau de Séverin Boèce,
avec une épitaphe rapporté par le P. Mabillon[2].

Le 3, nous partîmes dans le dessein de voir la célèbre chartreuse
de Pavie, éloignée de la ville d'environ six mille ; nous y arrivâmes d'assez bonne heure. Cette magnifique maison a été fondée
par Jean Galeasse et sa femme, qui ont laissé une grosse rente
annuelle pour être employée à l'embellissement de l'église. Il ne
se peut voir rien de plus beau que l'église ; le portail est tout de
marbre : il y a cinquante deux figures plus grandes que le naturel,
beaucoup un peu plus petites, et tout le reste ou en relief, ou
en demy relief. Quoique les ordres d'architecture n'y soient pas
observés, il ne laisse pas de plaire beaucoup. Le dedans de l'église
est d'une magnificence achevée, tout y est de marbre ; il y a de très
grandes statues de marbre des deux côtez de la nef. La grille, qui
sépare le chœur, est de cuivre doré, fort bien travaillé ; les chaires
du chœur, tant des prêtres que des frères convers, est un ouvrage
de parquetage représentant des figures de saints, dont les couleurs
naturelles sont formées par de petites pièces rapportées avec un
travail incroyable. Les balustres du presbytère sont composez de
figures de marbre blanc, qui représentent quelque mystère. Le
tabernacle est un chef d'œuvre pour la richesse et le travail ; il est
composé d'un grand nombre de pierres précieuses. La coupole
est soutenue par des colonnes corinthiennes qui sont d'agathe ; à
l'entour du cadre du devant d'autel, il y a des fruits représentez
au naturel par des agathes, saphirs, améthistes, etc., si bien qu'ils
sont capables d'imposer. Il y a grand nombre de fort belles cha-

---

1. Voy. le récit de cette découverte dans le *Diarium italicum*, p. 26-30. Cf. Mabillon, *Iter italicum*, I, 220.
2. Cf. Mabillon, *Iter italicum*, I, 220.

pelles, lesquelles, aussi bien que l'église, sont toutes ornées de tableaux des meilleurs maîtres. La sacristie est pleine d'argenterie fort riche ; chaque autel a sa croix et ses chandeliers d'argent. Il y a pour le grand autel une croix de 7 pieds de haut et large à proportion, six grands chandeliers de cinq pieds de hauteur, très bien travaillez, cinq ou six calices au moins d'or massif, un grand soleil de la même matière, sur lequel il y a quantité de perles fines, qui forment entre elles plusieurs grappes de raisins. Toute l'église est couverte de plomb, aussi bien que toutes les cellules. Nous arrivâmes le soir à *Milan*.

Le lendemain de notre arrivée, 4 juillet, nous fûmes saluer M. Muratori, bibliothéquaire de l'Ambrosienne[1], qui nous reçut parfaitement bien et nous promit de seconder nos intentions de tout son pouvoir, ce qu'il a exécuté fidèlement.

Le mardi 22 juillet, nous partîmes de Milan avec des lettres de plusieurs de nos amis pour les villes par lesquelles nous devions passer. Nous arrivâmes à *Pavie* de fort bonne heure ; nous fûmes voir aussitôt M. Belcridy[2], homme de qualité et d'une piété singulière. Il nous fit voir sa bibliothèque assez nombreuse, qui n'est cependant composée que de livres regardant l'*Immaculée Conception*, et ensuite il nous promit son carrosse pour aller voir la ville. Il nous l'envoia vers les 20 heures et nous fûmes aux Barnabites d'abord. L'église est petite, mais cependant elle mérite d'être vue à cause de son auteur, qui est le Bramante, comme on le voit écrit sur la porte ; elle est quarrée en bas, octogone en haut. Dans la petite place il y a une statue équestre de Marc-Aurèle, où il y a des étriers[3]. Nous fûmes ensuite voir l'abbaye de Saint-Sauveur, de notre ordre. Nous y fûmes reçus d'une manière fort froide, et l'abbé Carlo Casali nous ayant apperçus, nous tourna le dos et se retira ; cette abbaye est fort belle. Le collège Borromée est très beau par dehors ; nous ne le vîmes pas, parce qu'il étoit trop tard.

Nous prîmes, le 23, un bateau pour nous mener à Plaisance ; le

---

1. *Diarium italicum*, p. 10.
2. *Ibid.*, p. 25.
3. *Ibid.*, p. 30.

Pô étoit fort grossi des neiges fondues ; les bords en sont très agréables, mais déserts, et il n'y a qu'un ou deux petits villages sur les rives. Nous arrivâmes, à 19 heures environ, à *Plaisance*, et nous passâmes le reste du jour à voir la ville. Il y a deux belles statues de bronze, l'une d'Alexandre Farnèze, et l'autre de Rainuce. La cathédrale n'a rien de remarquable. La ville est assez grande, mais elle ne paroît pas fort peuplée. Le monastère des chanoines réguliers est d'une étendue prodigieuse. Les bâtimens de cette ville sont de peu de conséquence, exceptez le palais Farnèze, qu'on dit être meublé magnifiquement. Nous fûmes voir l'abbaye de Saint-Sixte, de notre ordre ; nous y fûmes reçus à l'ordinaire. Le monastère est beau et surtout le dortoir, qui est dans une situation charmante. La bibliothèque est médiocre ; dans le cabinet il y a une Adoration des roys émaillée, faite par Raphaël. Il y a plusieurs pièces encore de ce peintre, que nous ne pûmes voir ; le corps de saint Sixte est gardé sous le grand autel [1].

24. Nous partîmes de Plaisance de grand matin pour Parme ; nous dînâmes à *Fiorenzelle*, petit bourg, et le soir nous arrivâmes à *Parme* ; nous fûmes très-mal couchés.

25. Le lendemain, jour de saint Jacques, nous fûmes au monastère de Saint-Jean-l'Évangéliste, de notre ordre, pour y dire la messe. On nous y reçut parfaitement bien, et le Père abbé ordonna qu'on allât quérir nos hardes à notre auberge et nous obligea de loger au monastère ; nous y fûmes traitez avec toute l'affection imaginable. Les deux bibliothécaires D. Epiphane et Dom Jean-Marie di Balestrieriis, frères, l'hôtelier D. Jérôme Jacquet, Savoyard, furent toujours avec nous, sans compter un grand nombre d'autres, qui nous firent le même honneur. Ils sont environ soixante-dix de communauté ; la bibliothèque est bonne et fournie de livres bien choisis.

26. Le jour de sainte Anne, après avoir dit la messe, nous fûmes voir le P. Petrucci, Jésuite, qui nous fit conduire dans tous les lieux du Collège des nobles. Il ne se peut voir rien de plus grand

---

1. Plaisance, Parme et Reggio sont mentionnées seulement en quelques lignes dans le *Diarium italicum*, p. 30, cf. p. 443-444, et par Mabillon, *Iter italicum*, p. 208-209.

et de plus magnifique en ce genre. L'église du monastère de Saint-Jean est fort belle; il y a sous chaque autel un corps saint dans un sépulchre de marbre que l'on voit, n'y ayant pas d'autre devant d'autel. Tout le grand autel, aussi bien que le pavé de la nef, est de marbre; la coupole, qui est fort élevée, est ornée de peintures du Corrège, dont les figures sont beaucoup au-dessus du naturel. Il y a beaucoup de pièces dans les chappelles du Corrège et du Parmesan, entr'autres une Descente de croix et le Martyre de Saint-Placide, de la main du Corrège et plusieurs autres pièces du dernier. La sacristie est ornée d'une fort belle argenterie, surtout d'une croix de sept pieds de hauteur et de six chandeliers de cinq environ. Il y avoit dans une chappelle une fort belle copie d'une Nativité du Corrège, dont l'original se voit dans le palais du duc de Modène. Dans toute la ville il n'y a qu'un baptistère, où tous les enfans sont baptisez, qui est une église en forme octogone gothique, proche de la cathédrale.

Ce même jour, après avoir dîné, nous prîmes congé de nos confrères, qui nous reconduisirent jusqu'à nos calèches avec beaucoup de témoignages d'affection de part et d'autre, et nous vinmes coucher à *Regio*, ville du duché de Modène. Elle est plus petite que Parme, mais les bâtimens communs en sont plus beaux et plus élevez. Nous y fîmes un fort mauvais soupé, qu'on nous fit payer bien cher.

27. Nous partîmes le dimanche matin et nous arrivàmes à *Modène* environ à quatorze heures. Nous fûmes droit au monastère de Saint-Pierre, de notre ordre; le R. P. Bacchini, connu par son érudition[1], nous reçut fort bien, et, par ordre du R. P. abbé, il nous obligea de loger dans le monastère pendant le séjour que nous ferions à Modène. Nous y dinâmes, et, après le dîné, nous fûmes dans le carrosse du P. abbé au palais du duc pour voir sa bibliothèque. Elle est fournie d'un bon nombre de livres imprimez et il y a environ trois cents manuscrits, latins, grecs, hébreux, arabes, etc., parmi lesquels il y en a de fort anciens[2].

---

1. Voy. une lettre de Montfaucon à Magliabechi (Modène, 29 juillet 1698) dans Valéry, *Correspondance*, etc., t. III, p. 24.

2. Une liste sommaire des principaux manuscrits de la bibliothèque d'Este se trouve dans le *Diarium italicum*, p. 31-33.

Le 28, nous retournâmes dans le même carrosse à la bibliothèque
de S. A. pour achever la visite des manuscrits. Le P. Bachini,
pendant que nous y étions, fut saluer son Altesse, qui luy dit
qu'il souhaitoit que nous allassions le saluer le lendemain.
Nous passâmes en nous en retournant, par une église des...,
dédiée sous l'invocation des saints de la maison d'Este, sur le
portail de laquelle il y avoit cette inscription de la façon d'un
Jésuite : *Pantheon Atestinum*.

Le lendemain, 29, pour obéir aux ordres de son Altesse, nous
fûmes au Palais. Une personne de qualité vint, quasi aussitôt que
nous fûmes arrivez, voir de la part de son Altesse si nous étions
arrivez. On nous introduisit dans sa chambre, où Monseigneur
nous fit l'honneur de nous entretenir pendant une demie-heure,
en langue françoise, qu'il sait fort bien. Il parla avec beaucoup
d'éloges de la nation françoise, de l'ordre de saint Benoît, qu'il
compte au nombre de ses ancêtres, de sa règle, comme une personne qui l'auroit lue plusieurs fois, et nous dit qu'un prince y
trouvoit de belles leçons pour bien gouverner, et que le père du
grand-duc d'à présent la portoit toujours dans sa poche[1]. Nous

---

1. *Diarium italicum*, p. 33. — Montfaucon nous a conservé dans ses notes (ms.
latin 11919, fol. 340 vᵒ) le résumé suivant de son entretien avec le Grand-Duc de Tos-
cane :

« En abordant M. le duc, je luy dis que nous n'aurions pas osé prendre la liberté
« de venir faire la révérence à son Altesse, si le R. P. Bacchini ne nous avoit dit
« qu'elle le souhaitoit. Sur quoy il nous répliqua les choses du monde les plus obli-
« geantes. Je luy dis que j'avois été surpris de trouver tant de beaux manuscrits en toute
« langue dans sa bibliothèque, qu'elle n'avoit pas la réputation d'en être bien fournie
« quoiqu'elle surpassât en ce genre beaucoup de bibliothèques qui faisoient bruit dans
« le monde, et qu'on avoit de l'obligation au P. Bacchini d'avoir déterré ces manuscrits
« et de les avoir mis à part en bon ordre, au lieu que cy-devant ils étoient si meslez et
« confondus avec les imprimez, qu'on n'y faisoit pas la moindre réflexion. — Sur quoy il
« nous dit bien des choses à la louange du P. Bacchini, et nous dit que ses prédé-
« cesseurs avoient acheté ces manuscrits en différents endroits. — Je lui repartis qu'il
« étoit digne d'un grand prince de faire des dépenses si utiles pour le public. — Il me
« demanda des nouvelles de France, s'il y avoit beaucoup d'étrangers dans Paris. — Je
« luy répondis qu'il y en avoit un grand nombre et surtout d'allemans. — Il nous dit en-
« suite beaucoup de choses à la louange du Roy, nous parla de son grand jugement, de
« sa conduite, de la valeur de ses troupes, et des cardinaux françois ; et nous parla en
« particulier du cardinal d'Estrées, comme d'un homme d'un grand esprit et d'un mérite
« singulier. Il nous dit que les sciences florissoient beaucoup en France. — Je luy répondis
« qu'il dépendoit des princes de faire des grands hommes en toute sorte de sciences,

sortîmes de sa chambre charmez de son affabilité et de sa bonté. Dans une de ses antichambres nous rencontrâmes M. le comte de Rangoni, qui s'étendit beaucoup sur les louanges du Roy, et nous dit qu'il regardoit comme un grand malheur de n'être pas né françois, quoiqu'il le fût de cœur plus que le meilleur françois. Son Altesse donna ordre qu'on nous fît voir les tableaux, qui sont en grand nombre et des plus beaux ; la mémoire ne peut pas me les représenter tous, le nombre étant trop grand, voici ceux dont je me souviens : Une *Vierge*, de Raphaël, et les *Bacchanales* dans un grand tableau, du même, les *Noces de Cana* et l'*Adoration des trois Rois*, de Paul Véroneze : une *Nativité*, en grand tableau, et une *Magdeleine*, en petit, d'une beauté charmante, du Corrège, une *Assomption*, d'Augustin Carache, un *Saint Jérôme*, de Rubens, le *Numisma census*, de Titien, *Saint Roch distribuant ses biens aux pauvres*, du Carache. Le palais du duc de Modène est fort beau et le serait encore plus s'il étoit achevé ; les meubles sont fort riches et, quoique ses états ne soient pas d'une grande étendue, il ne laisse pas d'être magnifique dans son train, dans ses équipages et dans ses ameublements. Le soir nous prîmes commodité pour Saint-Benoit de Mantoue.

30. Nous partîmes de grand matin, après avoir pris congé du P. prieur et du P. Bachini, qui vinrent nous reconduire jusqu'au carosse. Nous dinâmes à *Concordia*, village du duc de la Mirande, et, le soir, au soleil couchant, nous arrivâmes à *Padolirone*, dans l'état du duc de Mantoue. Nous fûmes aussitôt au monastère de Saint-Benoît, où nous fûmes retenus par le P. abbé, nommé [Belisan] ; son secrétaire soupa avec nous, et le P. prieur, homme d'érudition, vint nous entretenir.

Le 31, nous passâmes la matinée dans la bibliothèque à voir les

---

« que pour cela il falloit qu'il y eût des récompenses établies pour les gens de lettres, « qu'il faut mettre de l'huile à la lampe, si l'on veut qu'elle brûle, et que difficilement « trouvera-t-on des gens qui veuillent embrasser une profession qui ne conduit à rien ; « qu'on cultivoit beaucoup en France tous les arts, l'astronomie, les mathématiques, la mé- « chanique, les expériences physiques ; qu'il y avoit une Académie, fournie de plusieurs « places, avec pension, mais que les belles-lettres, la philologie, les langues, etc. y étoient « assez négligées, parce qu'il n'y avoit point de récompense établie, et que cela ne « conduisoit à rien. — Il dit depuis au P. Bacchini que notre entretien lui avait beau- « coup plu. »

manuscrits, qui sont en grand nombre, et ensuite nous fûmes dîner avec le P. abbé, qui nous traita splendidement ; après le dîner, nous fûmes voir ce qui restoit de la bibliothèque[1]. Le monastère de Saint-Benoît est un des plus riches, et peut-être celuy de toute l'Italie où il y a le plus de bâtimens. Il y trois grands cloîtres, tous magnifiques ; le dortoir est d'une longueur surprenante ; le réfectoire est fort beau, il y a au-dessus de la table de l'abbé un grand tableau qui représente la *Cène*, peint par le Dominiquain, qui est un des plus beaux qu'il ayt fait. Nous partîmes le lendemain de grand matin par le coche d'eau pour Mantoue.

1ᵉʳ aoust. Nous arrivâmes vers midy à *Mantoue*. La perspective en est fort belle, la situation mauvaise et l'air mal sain ; elle est toute entourée de marécages. La ville n'est pas belle ; elle est grande, mais mal peuplée Nous fûmes voir le palais du duc de Mantoue, qui n'a rien de beau. Nous admirâmes l'humeur et les manières populaires de son Altesse et la facilité avec laquelle il écoute tout le monde.

2. Nous partîmes le samedy, de grand matin, de Mantoue pour *Venise* dans un bateau couvert. Les bords du Pô sont assez agréables, mais uniformes partout ; les villages y étoient plus fréquens que du côté de Plaisance. Nous arrivâmes vers le couché du soleil à *Ferrare*, ville qui dépend du pape.

3. Cette ville est une des plus grandes d'Italie, mais des plus mal peuplées : les édifices n'ont rien de grand, ni de magnifique. Dans la place il y a deux figures de bronze, apparemment de deux ducs d'Este. Nous partîmes de Ferrare vers dix heures de France, et nous arrivâmes le soir à *Chiosa*, petite ville de l'état de Venise, et dans une situation semblable ; nous passâmes la nuit dans le bateau.

4. Vers six heures du matin, nous partîmes de la rade, où nous avions passé la nuit, et nous arrivâmes vers midy à *Venise*. Nous

---

1. Mabillon, *Iter italicum*, p. 207. — Une liste de quelques manuscrits de la bibliothèque du monastère de San-Benedetto-Po se trouve dans le *Diarium italicum*, p. 36. Il y a à Cheltenham, dans la bibliothèque de feu sir Thomas Phillipps (n° 3500), un magnifique manuscrit des *Évangiles*, donné à ce monastère par la grande comtesse Mathilde.

avions pris plaisir, ce matin, à regarder des maisons de plaisance, des monastères, des bastions bâtis au milieu de l'eau et qui forment un aspect fort agréable. Après le dîné, nous prîmes une gondole pour aller au Lido; nous y vîmes le lieu où l'on enterre les Juifs, qui sont fort puissans à Venise et qui, pour distinction, portent un chapeau d'écarlate rouge[1].

5. Le mardy après dîné, nous fûmes au monastère de Saint-Georges, où nous fûmes fort mal reçus. Ce monastère est fort beau et fort riche; il y a environ soixante religieux. Le vaisseau de la bibliothèque est parfaitement beau et un des plus ornez d'Italie. Nous fûmes ensuite voir Mr Apostolo [Zeno][2], qui nous combla d'honnêtetez et les a toujours continué depuis, et le supérieur des Barnabites. L'église desquels, nommée la Saloute, est très belle et ornée de beaucoup de grandes statues de marbre blanc.

Le 6, nous receumes la visite du supérieur des Barnabites, en la compagnie duquel nous fûmes voir quelques églises. Le P. Blanchini[3] nous mena à la place de Saint-Marc, qui est très belle et ornée des deux côtés de bâtimens somptueux. A l'extrémité, du côté du port, est l'endroit où l'on fait mourir les criminels, et vis-à-vis, proche l'église ducale, l'endroit où l'on feroit mourir le Doge, s'il étoit convaincu de trahison. Dans la même place est l'église ducale, dédiée à saint Marc; le bâtiment est un gothique grossier, le pavé est orné d'ouvrages à la mosaïque, aussi bien que toute la voûte de l'église, ce qui la rend fort considérable. Sur le portail on voit quatre chevaux de bronze, qui furent apportez de Constantinople, lorsqu'elle fut prise par Henry Dandolo; on dit qu'ils furent envoyés à l'empereur Néron par un roy des Parthes.

L'après-midy, nous fûmes, en compagnie de M. Apostolo [Zeno] et de M. Biron, prêtre, voir le cabinet de M. Grimani, sénateur[4]; nous y vîmes plusieurs manuscrits grecs, entr'autres le Commentaire de Théodore d'Antioche sur les petits Prophètes. Il y a dans son cabinet plusieurs tableaux et statues de grand prix, entre

---

1. *Diarium italicum*, p. 69.

2. Apostolo Zeno, né en 1668, mort en 1750, littérateur et poète véuitien.

3. Francesco Bianchini, né à Vérone en 1662, mort à Rome en 1729.

4. *Diarium italicum*, p. 37; Montfaucon donne les titres de quelques mss. grecs du sénateur Grimani, p. 39-41.

lesquels il y a une *Léda* et un portrait de Sixte V, de Raphael, plusieurs autres de Titien, de Paul Véronèze, etc., une statue de Jules César, avec son habit de général d'armée, une autre d'Agrippa, parfaitement belle, et deux fois aussi grande que le naturel.

Le jeudy, nous fûmes à la bibliothèque de Saint-Marc. On voit à l'entrée un grand nombre de statues antiques, dont la pluspart a été donnée par les Grimani, et entr'autres un fort beau Ganymède, qu'on dit être de Phidias, une autre de Léda, et un très grand nombre d'autres. Le vaisseau de la bibliothèque est médiocrement grand; le plafond est orné de fort belles peintures. Il y a grand nombre de manuscrits, mais qu'on ne communique pas; ils ont tous été laissez à cette bibliothèque par le cardinal Bessarion. L'après-midy, nous fûmes à Mourant[1], petite ville épiscopale distante de Venise d'environ deux milles, voir faire les glaces et les autres ouvrages de cette nature.

8. Le vendredy, nous retournâmes à la bibliothèque de Saint Marc, mais nous y vîmes encore moins qu'hier l'après-midy[2]. Nous fûmes voir l'archevêque de Philadelphie, Mélèce Typaldus[3], personne d'érudition et qui a toutes les qualitez épiscopales; il est très-habile dans l'antiquité et sçait parfaitement le grec litéral et la langue latine, qu'il parle fort facilement. Il a surtout un extérieur fort avantageux et qui imprime du respect à tous ceux qui l'abordent. Ce bon évêque nous combla d'honnêtez, nous montra tous ses manuscrits, avec permission de copier tout ce que nous voudrions, honnêteté qui est fort rare à Venise. Son habit étoit noir, doublé de tafetas rouge, et alloit jusquaux talons; ses meubles sont honnêtes et convenables à la modestie d'un évêque. Trois diacres composent toute sa suite et tout son domestique; rien ne ressent plus la simplicité et la modestie des anciens évêques que toute sa maison.

9. Le samedy, nous fûmes à Saint-Marc dans le dessein de voir le

---

1. Sur Murano, voy. l'ouvrage de l'abbé Vinc. Zanetti, *Guida di Murano e delle sue celebri fornaci vetrarie, corredata di note storiche, artistiche, biografiche, cronologiche, con tavole prospettiche* (Venezia, 1866, in-16).

2. Cf. *Diarium italicum*, p. 41-42.

3. *Diarium italicum*, p. 46; avec une liste de quelques-uns de ses manuscrits.

trésor, mais nous fûmes obligé de remettre la partie. Le soir nous fûmes à l'église des Grecs entendre chanter les vespres[1]; l'archevêque y assista. Il avoit, par-dessus ses habits ordinaires, une espèce de chappe violette; au lieu de crosse il portoit à la main un bâton de bois façonné qui avoit à peu près la forme d'un *tau*. Un prêtre avec son étole ouvrit la porte du *Sancta sanctorum* et ensuite un enfant leut au milieu de la nef huit pseaumes. Après un prêtre en chappe vint encenser l'évêque et tout le peuple: un prêtre du côté de l'évêque chanta un hymne de la Résurrection, un autre, d'un autre côté, luy répondit, ensuite un du côté où était l'évêque, chantant toujours seul, jusqu'à ce que le prêtre, qui avoit ouvert la porte du sanctuaire, congédia le peuple, après qu'on eut prié pour tous les ordres des fidèles et dit plusieurs fois : Εἰς πολλὰ ἔτη, pour l'évêque. Ils ne disent chaque jour qu'une messe; les laïques n'entrent jamais dans le sanctuaire. Nous fûmes dîner chez Mr Strotti, où nous rencontrâmes deux autres françois avec qui nous passâmes la journée.

11. Le lundy, nous fûmes voir le thrésor de Saint Marc; l'argenterie n'est pas fort considérable. Nous y vîmes le célèbre manuscrit de l'Evangile de saint Marc[2], qui passe pour avoir été écrit de sa main. Il est si vieux et si lacéré qu'à peine peut-on voir quelques lettres; il a été écrit en latin et non pas en grec. Le trésor est beaucoup plus considérable pour le grand nombre de pierreries que pour l'argenterie; il y a plusieurs vases de pierres précieuses assez grands, douze corselets d'or chargez de toute sorte de pierreries, qui ont servi aux douze premières demoiselles de l'impératrice Hélène, autant de couronnes de même matière, une grande croix de même, quantité de grands vases de crystal de roche, etc.

L'après-midy, nous fûmes à la bibliothèque des SS. Jean et Paul, qui est des Dominicains[3]; il y a beaucoup de manuscrits grecs des auteurs prophanes, mais qui ne sont pas d'une grande antiquité; la plupart a été écrite à Florence par un certain César Strategus, Lacédémonien[4]. Il y a dans le réfectoire de ce mo-

---

1. *Diarium italicum*, p. 16-17.

2. *Ibid.*, p. 55-62.

3. *Ibid.*, p. 47-50; avec une liste des principaux mss. grecs et latins.

4. Voy. une description des mss. grecs des SS. Jean et Paul de Venise, par Berardelli, dans Calogera, *Nuova Raccolta d'opuscoli scientif.*, t. XX, p. 175 et suiv. ; cf. p. 182. — Un spécimen de l'écriture de César Stratégos se trouve à la pl. 10 de mes *Fac-similés de mss. grecs des XVe et XVIe siècles* (Paris, 1887, in-4o).

nastère un tableau de trente pieds de large, de Paul Véronèze,
qui représente les *Noces de Cana*, et un autre, dans l'église, du
Martyre de saint Pierre, Jacobin, peint par Titien.

Le mardy douzième, après midy, nous fûmes chez M. Contareni [1],
qui a quelques manuscrits grecs ; nous y copiâmes plusieurs
inscriptions.

13. Nous retournâmes à SS. Jean et Paul pour rachever la visite
des manuscrits de cette bibliothèque.

14. Le jeudy, après-midy, nous fûmes voir le médailler de
M. Rusini [2] ; toutes ses médailles sont en or, en grand nombre, et
il s'y en trouve de fort rares. Il a un grand amas de pierres précieuses de toute sorte ; il a plusieurs tableaux originaux, entr'autres
un *Ecce hommo,* la *Visite de la reyne de Saba,* une *Sainte famille,*
de Paul Véronèze, etc.

15. Après avoir dit la messe, nous fûmes à Saint Marc, où nous
entendîmes une partie de l'office ; le Doge, accompagné des
ambassadeurs, et le sénat en corps y assista. La messe fut chantée
par une excellente musique, divisée en sept chœurs.

Le 16, matin, nous fûmes voir le cabinet de M. Capello, sénateur [3] ; il est un des plus beaux et des mieux fournis de Venise. Il

---

1. *Diarium italicum,* p. 62.

2. *Ibid,* p. 62.

3. *Ibid.,* p. 63 et suiv. — Dans une lettre de 1698, Capello avait envoyé
une liste de quelques-uns de ses manuscrits à Montfaucon ; avec une autre lettre, du
24 septembre 1701, il lui adressa plus tard la liste suivante, qui diffère de celle qu'a
publiée Montfaucon (*ibid.*) :

Nota de' manuscritti esistenti nella Galleria del N. H. S. Antonio Capello,
patricio in Venezia.

Joannis Chrisostomi sermones, ann. 600.

Rabbi Abraham interpretationes in Scripturam.

Vita Mariæ Ægyptiacæ, Scala Joannis Climaci, scripta anno mundi 6821, Christi 1313.

Historia Constantini Manassis, 400 ann.

Basilii orationes quaedam, 600 ann.

Rabbi Abraham Hascardi in Genesim.

Aristotelis de animalibus, 250 ann.

Isaias, Jeremias, Ezechiel et duodecim Prophetæ parvi ; codex antiquus et
elegantissimus.

a plusieurs manuscrits, mais le plus beau est celuy qui contient des extraits des *Stromates* de saint Clément. Il y a une grande table de cuivre originale, plusieurs figures d'yvoire d'un travail merveilleux, quantité de médailles, de pierres précieuses, d'idoles, de vases anciens, de lampes, etc., de tableaux originaux, les *Neuf muses*, de Tintoret ; un *S. François-de-Paule adorant J.-C. enfant*, un *S. Jean-Baptiste avec N.-S. et la Vierge*, une *Vénus et Mars*, de Titien.

Nous fûmes ensuite à Saint-Roch ; nous y vîmes une quantité prodigieuse d'excellens tableaux, tous fort grands, ils sont quasi

---

Biblia hebraïca, antiquissima et elegantissima.

Orationes diversæ.

Commentarius rabbinicus in libros Geneseos, Exodi, et in Psalmos, antiquus initio mutilus, nomen authoris deest.

S. Joannis Crisostomi homeliæ variæ, ann. fere sexc.

Excerpta longissima et preciosissima Stromatum, Protreptici et Pædagogi S. Clementis Alexandrini, ann. plus 300.

Quinta pars Caprioli.

Ethica ad Nicomachum et Magna moralia Aristotelis.

Liber S. Hieronymi.

Tractatus Burlæi.

Sanctus Hieronymus super sacram Scripturam.

Liber epistolarum divi Hieronymi.

Ethicorum ad Nicomachum.

Politicorum.

Economicorum.

Magnorum moralium.

Moralium ad Eudemum.

Theophrasti de historia plantarum.

Ejusdem de causis plantarum.

Aristotelis problematum.

Alexandri Aphrodisiensis problemata.

Aristotelis mechanicorum.

Aristotelis metaphysicorum.

Theophrasti metaphysicorum.

Aristotelis problemata, græcum.

Metaphysica Aristotelis, græcum.

Politica Aristotelis, græcum.

Prologus Ludolphi Cartusiensis in meditationes vitæ Jesu-Christi.

Libri hebraïci, arabi, græci diversi.

Cette liste de manuscrits est aujourd'hui conservée dans le ms. français 17704, fol. 33 et verso. Différentes notes de Montfaucon relatives au cabinet d'A. Capello se trouvent aussi dans le ms. latin 11919, fol. 222 et 237.

tous de Tintoret et de Titien : un *Crucifîment* et le *Massacre des Innocens*, de Tintoret ; la *Fuite en Égypte,* de Titien, et une infinité d'autres.

17. Le dimanche, nous fûmes à vespres aux Hospitalettes, où nous entendîmes chanter une fille de Vicenze, qui passe pour être la plus belle voix d'Italie. Nous fûmes ensuite chez M. Grimani copier une longue inscription grecque [1].

Le lundy 18. [*Vacat.*]

19. Le mardy après-dîné, nous vîmes les manuscrits et les tableaux de M. Justiniani, procurateur de Saint-Marc [2] ; il a environ 60 ou 80 manuscrits, sur diverses matières et beaucoup de très bons tableaux, comme les *Grâces*, de Raphaël ; une *Magdelaine*, du Guide ; la *Naissance de l'Amour*, de Schiavon ; une *Vierge*, de Paul Véronèze, la *Mort de Germanicus*, du Poussin.

20. Nous retournâmes chez M. Justiniani voir le reste de ses manuscrits. Nous cûmes l'honneur de dîner avec luy et nous y passâmes toute la journée ; nous reçûmes de luy toutes les honnêtetez imaginables.

21. M. Capello nous mena voir le petit Arsenal, qui est dans le palais ; il y a de toutes sortes d'armes nécessaires pour se défendre contre une populace mutinée. On y voit plusieurs bustes, statues et inscriptions ; les armes d'Henry IV y sont conservées. On y voit Adam et Ève faits avec un canif seulement par un homme prisonnier, et près d'être condamné à mort, pour mériter sa grâce ; c'est un ouvrage d'une délicatesse surprenante. L'épée de Scanderberg y est conservée, la visière du cheval d'Attila, l'armure entière du roi Henry IV. L'après-midy, nous montâmes à la tour de Saint-Marc.

22. Nous fûmes pour voir le P. Coronelli, mais nous ne le trouvâmes pas.

---

1. *Diarium italicum*, p. 38.
2. *Ibid.*, p. 69.

23. Nous partîmes pour Padoue dans une barque ; nous y arrivâmes vers le soir [1].

24. Nous fûmes dire la messe à Sainte-Justine ; nos confrères nous reçurent assez bien et nous prièrent de rester. Nous vîmes ensuite la salle du palais de la Justice, qui est fort grande et fort large ; on voit sur une des portes, en relief, une effigie à demy-corps de Tite-Live. Nous assistâmes à vespres à la cathédrale, l'évêque-cardinal y assistoit. Les vespres dites, il se revêtit de ses habits pontificaux et fit une demoiselle de la ville chevalière de la Croix. Nous retournâmes ensuite à Sainte-Justine, où l'on nous fit de nouvelles instances pour rester ; nous leur promîmes de venir le lendemain.

25. Le P. cellerier et le P. lecteur de Sainte-Justine nous vinrent prendre à notre auberge et nous emmenèrent au monastère. Le P. lecteur nous conduisit dans la ville pour nous montrer les curiositez : le tombeau qu'on dit être d'Anténor, fondateur de la ville de Padoue ; l'imprimerie du feu cardinal Barbarigo [2], qui est parfaitement belle et où l'on trouve de toute sorte de charactères des langues orientales ; la bibliothèque publique, dont le vaisseau n'est que médiocrement grand, mais orné de peintures du Titien. Le monastère de Sainte-Justine est un des plus beaux d'Italie, et l'église surtout est parfaitement belle, grande, pavée de fort beau marbre. Il y a 24 chappelles, ornées de statuettes de marbre blanc, toutes faites par de bons maîtres ; les chaires du chœur sont d'un ouvrier françois, toute la vie de Notre-Seigneur y est représentée fort délicatement. L'après-midy, nous montâmes à la tour pour voir la grandeur de la ville.

Padoue est une grande ville, mal bâtie, mal pavée et encore plus mal peuplée ; exceptez Sainte-Justine et Saint-Antoine, qu'ils appellent le Santo, il n'y a point d'églises considérables à Padoue. Celle de Saint-Antoine est grande, bâtie de briques comme celle de Sainte-Justine, et couverte de plomb ; le grand nombre de tombeaux et mausolées, qui s'y trouvent, lui servent d'un grand ornement ; ils sont tous magnifiques et des meilleurs maîtres. Ce qu'il y a de plus beau est la

1. *Diarium italicum*, p 78.
2. *Ibid.*, p. 79.

chappelle, sous laquellè est conservé le corps de ce saint ; on y trouve tout alentour sur les murailles les principales actions de saint Antoine, qui y sont représentées en relief de marbre blanc par Sansovin. Il y a un nombre prodigieux de lampes, données par plusieurs princes, comme le duc de Mantoue, la République de Venise, etc. On bâtissoit derrière le chœur une chapelle pour y mettre les reliques qui sont dans la sacristie ; ce doit être un ouvrage magnifique, et ce qu'il y a de fait est parfaitement beau. Nous retournâmes assez tard à Sainte-Justine ; nos confrères nous vinrent entretenir pendant le repas avec beaucoup d'amitiez. Le P. abbé de Vicenze, qui étoit pour lors à Sainte-Justine, nous fit présent, à chacun, de l'histoire de ce monastère. Il y a dans le chœur le *Martyre de sainte Justine*, par Paul Véronèze ; il est aussi dans l'appartement de l'abbé, du même peintre, mais d'une autre manière.

26. Nous partîmes de Padoue dans un bucentaure fort commode et fort beau, en compagnie de trois bourgeois Vénitiens. Dès que nous fûmes arrivez à *Venise*, nous fûmes à la place voir nos amis.

27. Nous fûmes le soir chez M. Justiniani collationner un manuscrit du Commentaire de S. Athanase sur les Pseaumes.

28. Nous passâmes la matinée à voir une dernière fois le cabinet de M. Capello, rempli d'une infinité de curiositez naturelles, d'antiques, d'idoles, etc. ; ce qu'il y a de plus considérable est le grand nombre de pierreries : il en a cinq milles de gravées.

29. Le vendredi, veille de notre départ, M. Capello, sénateur, nous fit l'honneur de nous mener au grand Arsenal, qui passe pour être le plus beau qui soit au monde. Ceux qui le montrent disent qu'il y a deux mille cinq cens canons, des armes pour cent mille hommes d'infanterie, et des équipages pour vingt-cinq mille de cavalerie. Cet arsenal comprend les magazins pour les vaisseaux, les fonderies, les corderies, les forges, les loges pour les galéasses, le bucentaure, etc. La chiourme de la galéasse est de cent quatre-vingt-douze forçats ; il y a deux châteaux, l'un en proue et l'autre en poupe, qui est le plus grand. On montre dans la salle d'armes les armures de Scanderberg et d'Attila. M. Capello nous régala d'huîtres de l'Arsenal, qui passent pour être les plus grosses et les

meilleures de l'Europe, et de fort bonne malvoisie. Le soir, nous fûmes prendre congé de M. Justiniani et de M. Rusini, qui nous comblèrent d'honnêtetez.

30. Nous passâmes tout ce jour à dire adieu à nos amis. A deux heures de nuit, nous montâmes dans un petit bâtiment, qui alloit à Ancône, et qui devoit nous décharger à Ravenne. Nous y étions 20 ou 22 ; il y avoit plusieurs françois, beaucoup de religieux et un évêque franciscain, qui n'étoit distingué de deux autres que par une croix pectorale. C'étoit un homme de bien, de fort bon sens et d'érudition. Nous passâmes la nuit avec beaucoup d'incommodité, le vent étoit fort et agitoit assez notre bâtiment, agitation qui causa des vomissements à deux femmes, qui nous furent fort incommodes.

31. Nous arrivâmes à *Chiosa* 2 heures avant le jour ; nous y entendîmes la messe et ensuite nous remontâmes dans notre bâtiment. Nous couchâmes à deux ou trois milles de la mer dans une hôtellerie, sur le bord du Pô ; nous n'y trouvâmes ny lit, ny paille, nous fûmes obligez de coucher à terre.

1er septembre. Nous fûmes assez longtemps en doute si nous entrerions en mer, le vent étant fort, la mer agitée et les vagues fort grosses ; nous nous promenâmes quelque tems sur le rivage et enfin nous remontâmes pour nous mettre en mer. Nous reçumes de grandes secousses et plusieurs coups de mer, qui n'accommodoient pas notre petit bâtiment ; les vomissements recommencèrent et peu en furent exempts. Quand nous fûmes en pleine mer, nous voguâmes avec plus de tranquillité ; le vent changea et devint contraire, ce qui nous obligea d'entrer dans un petit port qu'on appelle *Magniavacca*. Nous essuyâmes proche le rivage de nouvelles difficultez, les vagues y étant toujours fort grosses ; le pape a à Magniavacca une petite garnison. Nous entrâmes dans le port environ sur les 14 heures ; nous y passâmes le reste de la journée. Nous couchâmes dans une cabane, dont le chef de la garnison nous donna la clef, où il n'y avoit que les quatre murs ; nous passâmes la nuit plus mal que la précédente.

2. Le vent étant toujours contraire, nous prîmes la poste pour *Ravenne*, après avoir pris congé des compagnons de notre voyage.

3

Nous arrivâmes de bonne heure à Ravenne ; c'est une ville assez
grande, mal bâtie, mal peuplée et dont les habitans sont fort pauvres. Nous fûmes aussitôt à Saint-Vital[1], monastère de notre ordre,
de la congrégation de Sainte-Justine, où nous fûmes fort bien
reçus du R. P. prieur, D. Petrus Paul, Chalderonus Raven., et de
toute la communauté, dont tous les particuliers nous témoignè-
rent beaucoup d'affection et en particulier le P. lecteur, D. Co-
lombanus Bosius, de Mantoue, D. Antoine Maria Maffeius, de
Bergame, cellerier, D. Innocentius Carderius, de Ravenne, D. Alexan-
der Maria Cimarra, Romain, hotelier, D. Marius a Ugusellius, à
Cesena. Nous vîmes d'abord l'église, qui est considérable pour
son antiquité ; il y a dans le chœur une mosaïque fort curieuse.
L'empereur Justinien y est représenté avec ses habits impériaux,
le patriarche, accompagné de ses diacres et de ses autres officiers ;
de l'autre côté, on y voit l'impératrice avec une partie de sa cour,
tous avec les habits et marques de leur dignité. M. Campini[2] avoit
fait copier ce mosaïque pour le donner au public. On voit dans la
même église le puits où fut jeté le corps de saint Vital ; dans le
jardin il y a une petite église dédiée à saint Celse, où est le tombeau de Placidia et de deux de ses enfants Valentinien et Hono-
rius ; on voit dans celui de Placidia sa tête entière.

3. — Nous fûmes voir le monastère de Saint-Romuald, dans la ville,
où l'on voit plusieurs pièces de marbre et de porphyre ; dans
l'église des Théatins, la fenêtre par laquelle le S. Esprit entra en
forme de colombe, les évêques étant assemblez pour une élection,
et se vint placer sur la tête de celuy qui devoit être élû. Il y a,
dans la même église, le batistère des Ariens. Nous fûmes à la
place, et nous vîmes la statue d'Alexandre VII, qui est belle et
bien faite ; les portes, que ceux de Ravenne prirent sur ceux de
Pavie ; et à la cathédrale. C'est une église assez grande, mais mal
ornée et qui n'a rien de digne d'une église métropolitaine ; l'abside
est ornée d'une mosaïque fort belle. Il y a, proche de la chaire,

---

1. *Diarium italicum*, p. 97. Cf. Mabillon, *Museum italicum*, I, 39, et une lettre de
Montfaucon à Bacchini (Ravenne, 6 sept. 1698), dans Valéry, *Correspondance*, etc., t. III,
p. 34.

2. Dans ses *Vetera monimenta* (Rome, 1698-1699, in-fol.). Les mosaïques de Ravenne ont été maintes fois reproduites depuis ; cf. notamment Ch. Diehl, *Ravenne*
(Paris, 1903, in-4°; *Les Villes d'art célèbres*).

une espèce de tribune de marbre blanc, fort ancienne et d'une
forme particulière. On y lit :

Hunc purgum fecit [1].

Il y a en relief quatre rangs d'animaux, des pigeons, des canards,
des cerfs et des poissons. De l'église, nous fûmes aux chartriers,
où on nous montra une chartre accordée par Pascal II à l'église
de Ravenne ; elle est sur de l'écorce, en caractères lombards [2]. Il
y a dans la chapelle ouest le Saint-Sacrement, un tableau du Guide,
qui représente la manne ; c'est une fort belle pièce. Le soir, nous
fûmes à l'église des chanoines de Saint-Jean-de-Latran ; elle est une
des plus belles de la ville. Nous y vîmes le tabernacle, qui est
composé tout de pierres précieuses Dans la sacristie on conserve
un gros vase de porphyre, qu'on dit avoir servi aux noces de Cana.

5. Le lendemain matin, nous retournâmes encore au chartrier
de la métropole. Le soir, nous fûmes en carosse, en compagnie du
P. D. Colomban, qui nous a toujours accompagnés, voir la Rotonde.
C'est un mausolée, de forme ronde, bâti de fort bonnes pierres
par le commandement d'Amalasonte pour son père Théodoric ; le
corps de ce roy étoit dans une urne de porphyre, placée sur le
haut et au milieu de ce petit dôme. Ce qui est de surprenant, c'est
la pierre qui couvre cette chappelle, qui a trente huit pieds de
diamètre et 15 d'épaisseur ; l'urne de porphyre est tombée et elle
est présentement enchassée dans le mur d'un ancien palais, qu'on
dit être celui de Théodoric.

6. Nous fûmes voir ce qui nous restoit encore à voir ; nous vîmes
le batistère des Catholiques, qui est orné d'une fort belle mosaïque.
C'est un bâtiment d'une forme presque ronde, on s'en sert encore ;
la cuve est fort large. Le sépulchre du poète Dantes, célèbre par
ses écrits ; Misson a copié son épitaphe [3]. Le soir nous fûmes en
carosse voir le monastère fameux de *Classe* [4] ; c'est un lieu pré-

---

1. *Diarium italicum*, p. 100.

2. C'est une bulle du pape Pascal Ier (819), encore aujourd'hui conservée aux archives
de l'archevêché de Ravenne ; cf. Jaffé, *Regesta* (2e édit.), no 2551, et Pflugk-Harttung,
Specimina, pl. I.

1. Misson, *Nouveau voyage d'Italie* (La Haye, 1691, in-8o), t. I, p. 212.

2. Cf. Mabillon, *Iter italicum*, I, 41. Voy. aussi Albert Martin, *Les Scolies du ms.
d'Aristophane à Ravenne* (1882, in-8o), p. I. (*Bibliothèque des Ecoles françaises*

sentement abandonné : l'église est grande, la mosaïque de l'abside est d'une très belle conservation. Sous le grand autel est le corps de saint Apollinaire. De là nous fûmes au monastère du Port (*Portuense*) des chanoines réguliers ; il est abandonné aussi bien que celui de Classe. L'église est ornée de peintures de la main de celuy qui fit revivre en Italie la peinture ; il étoit amy particulier du poète Dantes[1].

Le 7, jour de dimanche, après avoir pris congé du P. prieur et des autres religieux, qui nous avoient comblés d'honnêtetez, nous partîmes en calèche pour Lorette. Nous dînâmes à *Cesenate* ; quelques lieues après, nous passâmes le Rubicon, qui étoit presque à sec. Nous arrivâmes d'assez bonne heure à Rimini.

Rimini est une ville assez jolie ; nous y vîmes plusieurs carosses assez beaux. Il y a environ quatre à cinq mille âmes.

8. Nous partîmes de grand matin ; nous fîmes environ 15 milles, sur les dunes, entre la mer et la campagne. Nous passâmes fort matin à *Catholica* ; au dessus de l'église il y a une inscription qui dit que lorsque les évêques Ariens étoient assemblez à Rimini, les orthodoxes faisoient leurs dévotions dans ce village, qui de là a pris le nom de *Catholica*. A quelques milles de Catholica nous passâmes au pied d'une montagne de l'Apennin, sur le sommet de laquelle est située la ville et république de *Saint-Marin*. Cet endroit est très-agréable et divertit la vue par la diversité des objets, de maisons de plaisance, de vignobles, etc.

Nous dînâmes à *Pesaro*, ville très-jolie et très-gaye ; l'air en est pur, les environs sont ornez des costaux, de pâturages, de vignobles et de vergers. Il y a dans la place une statue d'Urbain VIII. Au sortir de Pesaro, nous reprîmes le bord de la mer jusqu'à *Fano*. Fano est une assez jolie petite ville, où il y a à peu près autant de monde qu'à Rimini et à Pesaro. Il y a un arc de triomphe à trois portes avec cette inscription[2] :

---

d'*Athènes et de Rome*, fasc. 27), et la reproduction récente en fac-similé du ms. entier dans la série des *Codices græci et latini phototypice depicti*, de Leyde, avec préface de M. J. van Leeuwen (1904, in-fol.).

1. Cf. *Diarium italicum*. p. 102. Montfaucon a reproduit dans son journal l'épitaphe de Giotto.

2. Cette inscription, dont le texte n'est pas donné dans le journal de D. Briois, a été copiée par Montfaucon (ms. latin 11919, fol. 320 v°).

*Imp. Cæsar divi f. Augustus, pontifex maximus, cos. XIII,
tribunicia potestate XXXI, pater patriæ murum dedit.*

Et au-dessous : *Curante, Lucio Turcio Secundo Aproniani præt.
Urbis fil. Asterio v. c. Corr. Flam. et Piceni.*

Au sortir de Fano nous passâmes sur un pont, long de cinq ou
six cens pas; le torrent de Pongio passe dessous, mais il étoit
pour lors presque à sec. Nous reprîmes le chemin de la mer jusqu'à *Senegallia*, où nous dinâmes; la ville est petite et ceinte de
bonnes murailles. En sortant de Senegallia nous reprîmes le chemin de la mer pendant 14 ou 15 milles. Nous arrivâmes de bonne
heure à Ancone.

9. *Ancone*[1] est située sur la pointe d'un promontoire, précédé
d'un golfe, sur un double coteau; les rues d'Ancone sont étroites,
ses rues hautes et basses, et par conséquent incommodes. L'église
cathédrale de saint Cyriaque est sur la pointe du cap, d'un abord
difficile à cause de sa hauteur. Il y a à l'entrée du môle un arc
triomphal érigé à Trajan par le sénat avec cette inscription[2].

10. Nous montâmes de grand matin à Saint-Cyriaque, d'où nous
découvrîmes les montagnes de Dalmatie et les débris d'un
vaisseau qui avoit péry. Nous partîmes vers midi d'Ancone
pour Lorette et nous y arrivâmes sur les 4 heures de France.
Lorette[3] est une petite ville épiscopale, située sur une hauteur
à deux milles de la mer, peuplée d'environ huit mille âmes; il n'y
a que l'église cathédrale, et tout ce qu'il y a de messes s'y dit.
C'est là où est la *Santa Casa ;* on a élevé quatre murailles de
marbre blanc pour la conserver, qu'ils ne la touchent point. Tout
ce qu'il y a eu d'habiles ouvriers pendant le siècle passé a été
employé à cet ouvrage; c'est un ordre corinthien et marbre blanc,
où l'histoire de la Vierge est représentée; la *Santa Casa* n'est que
de briques assez mal liées ensemble. Le thrésor est riche au delà
de ce que l'on peut imaginer. Il y a plusieurs lampes fort grosses
d'or massif; un ange d'argent, qui présente à l'image un enfant
d'or, qui est Louis XIV enfant, est une des plus belles pièces; un

---

1. *Diarium italicum*, p. 102.
2. D. Briois n'a pas copié cette inscription, non plus que Montfaucon.
3. *Diarium italicum* p. 102. Cf. Mabillon, *Iter italicum*, I, 43.

autre ange qui tient un cœur d'or, enrichi d'une infinité de pierreries, donné par la reyne d'Angleterre, etc.

11. Nous dîmes la messe à Lorette, où nous fûmes surpris de voir
les ornements sales et les nappes d'autel pleines d'ordures ;
l'après-midy nous fûmes promener sur la côte, qui est fort
réjouissante.

12. Nous partîmes vers dix heures d'Italie de Lorette pour Rome.
Nous passâmes par des coteaux et des plaines agréables jusqu'à
Recanati ; il y a une image érigée par la ville en l'honneur de la
sainte Vierge, en reconnaissance de ce qu'elle a choisi le terri-
toire de Recanati pour y mettre sa maison. Grégoire XII est enterré dans la grande église. A dix milles de là nous vîmes les
restes d'*Helvia Ricina* dans une plaine campagne ; il y a encore
de grands restes d'un amphithéâtre bâti de briques. Nous dinâmes
à *Macerata*, petite ville épiscopale ; nous vîmes en passant *Tolentino*, qui a plus l'air d'un village que d'une ville. Nous fûmes coucher à *Valcimara*, après avoir passé par des lieux effroyables.

13. Nous passâmes toute la matinée par des lieux extrêmement
tristes, déserts et difficiles. Nous dinâmes à [*Seravalle*], chétif village situé entre deux montagnes très-élevées, ce qui rend ce lieu
fort triste.

Nous eûmes un chemin assez semblable toute l'après
midy, entre des montagnes et des roches, jusqu'à quelques milles
de Foligno, que les objets changèrent tout d'un coup. Nous nous
trouvâmes dans un chemin, pris dans une montagne fort escarpée,
au pied de laquelle, comme dans le fond d'un précipice très pro-
fond, on voioit plusieurs petits villages très jolis, des rivières qui
tomboient par diverses cascades et serpentoient dans la vallée.
Ayant passé le contour de la montagne, nous découvrîmes la
plaine de Foligno, qu'on peut dire être située dans un paradis
terrestre ; le brouillard nous empêcha de jouir de toute la vue de
cette agréable plaine.

Foligno est assez joly et assez peuplé ; l'église cathédrale dédiée à Saint Félicien est assez belle ; Isidorus Clarius, un de ses
évêques, y est enterré.

14. Nous partîmes, le dimanche, de Foligno de grand matin ;

nous passâmes par des endroits fort agréables. Entre Spolette et
Foligno, une source sort par quatre ouvertures de dessous un
rocher et forme un petit lac, et de ce lac en sort une petite rivière
qui est le *Clitumnus* des anciens, qui arrose toute la
campagne et contribue à sa fertilité et à son ornement. A
deux cens pas de cette source, on voit un petit temple
d'ordre corinthien, qui a l'air d'antique; c'est présentement une église. Nous dîmes la messe et nous dinâmes
à *Spolette*. Sur une montagne voisine il y a une espèce de
Laure, où demeurent quelques hermites, qui vivent avec édi-
fication. Nous en vîmes deux, françois de nation, de famille dis-
tinguée, qui nous édifièrent beaucoup. Spolette est une pauvre
ville mal peuplée, mal bâtie, et dans une situation raboteuse.
Nous fûmes coucher à *Terni*. Terni est plus petit que Spolette,
mais il paroît mieux peuplé.

15. Nous fûmes voir la célèbre cascade *del marmore*, éloignée
d'environ quatre milles de Terni ; il faut monter des rochers
extrêmement difficiles et descendre de cheval à cause du danger
des précipices. Le chemin ne laisse pas d'avoir ses agrémens ; la
rivière *Velino* prend sa source dans les montagnes, à douze ou
treize milles du lieu où elle se précipite; elle passe par le lac de
Luco, à neuf milles de sa source, et en sort une fois plus grosse
qu'elle n'y est entrée. Cette rivière, auparavant que de se précipiter,
marche avec une rapidité prodigieuse à cause de la pente de son
lit; étant arrivée au lieu où elle se précipite, elle fait comme deux
nappes d'eau, et ensuite elle tombe de 300 pieds de haut, avec un
tel bruit qu'on est étourdy, et brise ses eaux avec une si grande
violence qu'il s'élève comme un nuage de poussière à la double
hauteur de la cascade, ce qui fait une pluye éternelle, où se forment
une infinité d'arcs-en-ciel. Le Velino, après sa chute, se joint à la
rivière de *Nera*. Misson en fait une description très agréable et
très juste[1]. Nous partîmes de Terni après y avoir dîné.

Avant d'entrer dans *Narni*, je descendis de calèche et je fus à
pied voir un pont bâti sur la *Nera*, à ce qu'on dit par Auguste.
Il n'en reste qu'une arche entière ; les autres sont presques rui-

---

1. *Diarium italicum*, p. 103. — Cf. Misson, *Nouveau voyage d'Italie* (1691), t. I,
p. 244.

nées. La situation de Narni est rude, ses rues étroites et sales, la ville presque déserte ; la cathédrale est assez jolie. Nous fûmes coucher à *Otricoli* ; il est situé sur une hauteur et n'est pas grand chose.

16. Nous partîmes d'Otricoli pour Rome. Quoique cette ville en soit éloignée de plus de 40 milles, le voiturier étoit obligé de nous faire passer la campagne de Rome en un jour, parce qu'on n'y pouvoit pas encore dormir. A 5 milles d'Otricoli, nous passâmes le Tibre sur un pont de pierre ; proche de *Regnano*, nous avons rencontré l'ancienne *via Flaminia*, qui s'est assez bien conservée. Nous dînâmes à *Castel-Nuovo*, petit bourg ; tout le pays est sans culture et sans habitans. Chose surprenante qu'un pays, autrefois si fertile et si habité, soit dans l'état misérable où il est à présent. Après avoir passé le pont *Milvius*, qu'ils appellent *Ponte Molle*, nous fûmes deux milles entre des jardins et des maisons de plaisance, et nous entrâmes dans *Rome*. On ouvrit à la porte *del Popolo* nos valises[1].

---

1. Voici en quels termes Dom Estiennot faisait part, à Mabillon, quelques jours après, de l'arrivée à Rome de Montfaucon et de Briois :

« Dom Bernard et Dom Paul arrivèrent ici, il y a aujourd'hui huit jours, à deux « heures de nuit, en assez bonne santé, mais fatigués du voyage ; y ayant plus de qua- « tre mois qu'ils sont par pays, ils avaient besoin de trouver un *ricovero*, car ils « étaient fort délabrés et marchaient sur la chrétienté. On les a radoubés de pied en « cap ; ils ont trouvé de fort bonnes pièces. Je les menai mercredi saluer les Eminences « de Bouillon, Casanata et d'Aguirre, qui les reçurent parfaitement bien et leur promi- « rent toutes sortes d'assistances. Son Altesse Eminentissime [le cardinal de Bouillon] « leur donne un carosse toutes fois et quantes qu'ils en auront besoin pour les biblio- « thèques, singulièrement la Vaticane, où je les menai hier. Il signore Lorenzo de Zaca- « gnis e il P. Miro la leur firent voir et leur promirent toutes sortes d'honnêtetés et « de services ; ils iront demain les recevoir et voir les manuscrits. Je veux croire qu'ils « les verront, mais in quanto ho potuto penetrare, questo dava un poco di gelosia al « signore Lorenzo, il quale ha pensiero di stampare tutto quello he si trovarà di buon « gusto nella libraria Vaticana. Je crois qu'il y en a assez pour contenter les uns et les « autres ; pour le P. Miro, comme il ne pense pas à imprimer et qu'il a d'autres vues, « je crois bien qu'il fera voir à nos Pères tout ce qu'ils voudront. Ils auront la même « honnêteté et amitié des bibliothécaires des Eminences Ottobon et Barberin. Le R. P. « général de Saint-Basile leur a fait voir tout ce qu'il avait de manuscrits ; ils en ont « pris ce qu'ils ont voulu, qu'ils ont apporté a casa. » Rome, 23 sept. 1698; dans VALÉRY, *Correspondance*, etc., t. III, p. 41-42.).

17. Nous fûmes saluer M. le cardinal de Bouillon[1], qui nous reçut bien et nous donna l'usage d'un de ses carosses, tant que nous serions à Rome ; M. le cardinal Casanata[2], bibliothécaire, qui nous promit de nous faire voir la Bibliothèque Vaticane et communiquer tous les livres dont nous aurions besoin ; M. le cardinal d'Aguirre[3], qui nous fit beaucoup d'amitié.

18. Nous reçûmes plusieurs visites considérables du cardinal d'Aguirre, de M. Charmot, du P. Bonjour[4], etc.

19. M. l'abbé Bertet vint dîner avec nous, avec le P. pénitentier de Sainte-Marie-Majeure; le soir le P. assistant du général des Carmes vint nous voir.

20. Nous fûmes au collège des PP. de Saint-Basile voir leurs manuscrits[5]; ils nous en prêtèrent six avec toute l'honnêteté imaginable.

21. Le cardinal d'Aguirre nous vint visiter pour la seconde fois. Je fus sur le soir voir l'église de Sainte-Marie-Majeure; il y a entre autres choses deux très belles chappelles : l'une de Sixte V, où il est enterré avec Pie V, et où est conservée la crèche; l'autre des Borghèses, plus riche et plus ornée que la première.

22. Le matin se passa à voir l'église de Saint-Pierre et la Bibliothèque Vaticane ; le soir, nous reçûmes visite du procureur général du Mont-Cassin, que nous avions été voir le matin à Saint-Calixte, de l'évêque de Galles[6] et du P. Bonjour[7].

---

1. Le cardinal de Bouillon était ambassadeur de France à Rome et doyen du Sacré-Collège.

2. Le cardinal Casanata, bibliothécaire de la Vaticane, dota la bibliothèque de la Minerve, qui depuis a porté son nom.

3. Joseph Saënz, bénédictin espagnol, auteur de nombreux ouvrages théologiques.

4. Le P. Bonjour, Augustin, né à Toulouse ; orientaliste, il avait été appelé à Rome, en 1695, par le cardinal de Noris.

5. Cf. P. Batiffol, *Rossano et les librairies basiliennes de la Grande-Grèce* (Paris, 1890, in-8°).

6. S. P. Agliotti, évêque de Gallesa (1698-1704).

7. Le journal est interrompu pendant les deux séjours de Montfaucon à Rome, du 22 septembre 1698 au 14 février 1700 et de la fin d'avril 1700 au 10 mars 1701 (*Diarium italicum*, p. 104 et 376). Avec cette première partie du journal, finissent les

ITINÉRAIRE

DU VOYAGE DE PARIS A ROME

DE D. B. DE MONTFAUCON ET PAUL BRIOIS

(1698).

Mai, 18. Départ de PARIS ; Melun, Pont-d'Aisy.

— 19. Joigny, Auxerre, Vermenton.

— 20. Cussy-les-Forges, Saulieu.

— 21. Arnay-le-Duc, Rochepot, Chagny.

— 22. Châlon-sur-Saône, Mâcon.

— 23. Montmélard, Trévoux, Anse, Neuville, Lyon.

— 24-27. Lyon.

— 27. Vienne, Condrieu.

— 28. Tournon, Valence, Viviers, Montélimart, Pont-Saint-Esprit, Roquemaure.

— 29-31. Villeneuve-les-Avignon et Avignon.

Juin,1er. Barbentane, Tarascon, Beaucaire, Cadillan, Arles.

— 2. Montmajour.

— 3. Arles.

— 4-5. Nîmes.

— 6. Remoulins, Pont du Gard, Rochefort.

Juin. 7-8. Villeneuve-lès-Avignon.

— 9. Avignon, Orgon, Lambesc.

— 10. Aix.

— 11-19. Marseille.

— 20. En mer pour Gênes.

— 21-22. La Ciotat, Antibes.

— 23-24. Lérins.

— 25-26. Villefranche, Nice, Monaco, etc.

— 27-30. Gênes.

Juillet,1er. Voltaggio, Gavi, Novi.

— 2. Tortone, Voghera, Pavie.

— 3. Chartreuse de Pavie.

— 4-22. Milan.

— 22 Pavie.

— 23. Plaisance.

— 24. Fiorenzuola, Parme.

— 25. Parme.

— 26. Reggio.

— 27-29. Modène.

— 30. Concordia, San-Benedetto-Po.

— 31. San-Benedetto-Po.

Août,1er. Mantoue.

— 2. Ferrare.

notes de Dom Paul Briois, qui mourut à Rome le 10 février 1700 (*Diarium italicum*, p. 103 et 341) ; tout le reste du journal est de la main de Montfaucon.

Août, 3. Chioggia.
— 4-22. Venise.
— 23-25. Padoue.
— 26-30. Venise.
— 31. Chioggia.
Septembre, 1er. Magnavacca.
— 2-6. Ravenne.
— 7. Cesena, Rimini.
— 8. Cattolica, Saint-Marin, Fano, Senigallia.

Septembre, 9. Ancône.
— 10-11. Lorette.
— 12. Recanati, Helvia Ricina, Macerata, Tolentino.
— 13. Foligno.
— 14. Spolète.
— 15. Terni, Otricoli.
— 16. Castelnuovo-di-Porto.
— 17. Arrivée à ROME.